DORME, QUERIDA, TUDO VAI DAR CERTO

Nilza Rezende

DORME, QUERIDA, TUDO VAI DAR CERTO

EDITORA RECORD
RIO DE JANEIRO • SÃO PAULO
2005

CIP-Brasil. Catalogação-na-fonte
Sindicato Nacional dos Editores de Livros, RJ.

R357d Rezende, Nilza, 1959-
Dorme, querida, tudo vai dar certo / Nilza Rezende. – Rio de Janeiro: Record, 2005.

ISBN 85-01-07248-6

1. Romance brasileiro. I. Título.

05-2280 CDD – 869.93
CDU – 821.134.3(81)-3

Capa: Gustavo Portela / Base 9

DISTRIBUIDORA RECORD DE SERVIÇOS DE IMPRENSA S.A.
Rua Argentina 171 – 20921-380 – Rio de Janeiro, RJ – Tel.: 2585-2000

Impresso no Brasil

ISBN 85-01-07248-6

PEDIDOS PELO REEMBOLSO POSTAL
Caixa Postal 23.052
Rio de Janeiro, RJ – 20922-970

Aproveito para agradecer:

A **Affonso Romano de Sant'Anna**, mestre e amigo,
que generosamente leu meu primeiro romance e
o indicou a **Luciana Villas Boas**
(sem Luciana, tudo poderia não passar de um sonho);

A **Suelli Guerreiro,**
que me ajudou a entender a minha história
e com isso poder contar esta e outras histórias;

A **Mariana Rezende,**
sobrinha querida, companheira das livrarias
e das dúvidas finais (e infernais!) deste e de outros textos;

A meu pai, **Valério Teixeira de Rezende,**
e a minha mãe, **Nilza Perez de Rezende,**
pela infinita ajuda;

A meus filhos **Carolina** e **Pedro,**
grandes companheiros;

E a vocês, que vivem me dizendo
que tudo vai dar certo...

Obrigada!
Tudo vai dar certo!

"... Mas depois de pensar isso me deu um desgosto porque fui percebendo, por dentro da chuva, que talvez eu não quisesse que ele soubesse que eu era eu, e eu era."

Caio Fernando Abreu,
conto "Além do ponto",
livro *Morangos mofados*

— Será que eu vou ser personagem do seu próximo livro?

Foi com essa pergunta que João largou Teresa em casa, no famoso domingo do penta.

— Depende de você, querido.

— Como assim?

— Do personagem que você vai querer ser, se principal ou secundário.

— Principal, claro.

Teresa sorriu, era óbvio que João ia querer ser o personagem principal. Já com sorriso de protagonista, ele fez o célebre sinal de "V" com a mão — era assim que ele se despedia, nem tchau dizia, era algo como "tá limpo", "ok", economizava palavras, palavras que para ele eram desgastantes e quase sempre desnecessárias. "Não é à toa que a gente tem dois olhos, duas orelhas e uma só boca", gostava ele de falar, mesmo sabendo que com Teresa as coisas funcionavam de forma inversa: ela precisa das palavras, vive por conta delas, é uma escritora, ou pelo menos tenta ser. Apesar disso, Teresa se acostumou ao silêncio do homem — sim, diga-se de passagem, foi forçada a se acostumar, praticamente a fórceps, porque precisava, depois de tantos anos de divã, crer na idéia de que as pessoas são diferentes e "você não vai querer que ele seja igual a você", diria Anita. De verdade, ela queria, sim, queria que ele fosse igualzinho a ela, por mais que tenha gostado dele exatamente por ele ser tão, mas tão tão, diferente dela. Enfim, ela acabou se acostumando à sua linguagem quase que gestual, e também economicamente gestual, bateu a porta do carro e saiu. Entrou no prédio fazendo para ele o mesmo sinalzinho, o "V" de vitória. Ele sorriu e partiu, sem olhar pelo retrovisor, e Teresa, como sempre, ficou parada, com alguma coisa zunindo na cabeça, alguma palavrinha maldita que cismava em lhe perturbar: "ô de casa, está pensando que vai descansar, ficar livre de nós, é?". Então, sem poder descansar, ela ficava com a palavrinha indo para lá e para cá, buscando entender o seu sexto sentido, sempre enxergando um sexto sentido, tentando decifrar o que talvez seja óbvio. Óbvio "ululante" — estranha palavrinha essa! Dessa vez, ficou a pergunta sobre o próximo livro. Teresa pegou o elevador e, no primeiro andar, pensou se haveria um próximo livro; no segundo, achou que nunca mais conseguiria escrever um próximo livro; no terceiro andar, concluiu definitivamente que o último livro tinha sido tão barra-pesada que, se fosse preciso passar por tudo aquilo de novo para fazer um bom livro, talvez preferisse não escrever livro algum. Mas, justo nesse momento, o celular tocou. Teresa sabia que era João. Ele sempre ligava, como se precisasse falar alguma coisa que tinha esquecido de dizer. Mas mesmo essa sua segunda tentativa era em vão, ele nunca dizia o que ela queria ouvir, era sempre algo do tipo "ainda bem que eu vim mais cedo, o aeroporto está uma loucura", ah sei, ou "ia te dizer uma coisa, mas esqueci", certo, "liga depois", combinado.

— Fala, João.

— Já pensou no que eu disse? Tenho certeza de que dá um puta romance — e foi exatamente isso o que ele disse, exatamente a mesma coisa que ele tinha dito há pouquíssimos minutos. Ok.

Teresa conheceu João na empresa em que ela trabalhava como diretora de *marketing* — "uau, diretora de *marketing*!", "*marketing* é uma área valorizada hoje em dia, não?", "deve ser legal trabalhar com *marketing*..." — era sempre isso que Teresa ouvia quando respondia à fatídica pergunta "você faz o quê?", feita pelas pessoas as mais diferentes possíveis, que volta e meia nos atacam como se fossem encontrar na resposta as chaves do mundo. "Você — trabalha — com — quê?" — isso é tudo, vale mais que saber o nome do outro. E trabalhar com *marketing* cai bem, embora ninguém saiba muito bem o que de fato isso significa. Aliás, na verdade, nem Teresa sabe; foi Pedro Paulo quem lhe pediu que escolhesse o nome do cargo que ocuparia: diretora de *marketing*, diretora de comunicação, assessora de comunicação, assistente de comunicação, sei lá. Teresa achou que diretora era melhor que assessora, tem mais peso, digamos; e *marketing*, melhor que comunicação, palavra conhecida por todos e portanto menos valorizada no mercado. Assim, decidiu-se, depois de extensa e "profundérrima" análise, que Teresa seria a nova "diretora de *marketing*" da SLC. De todo jeito, precisamos reconhecer: é muito mais sonoro ser "diretora de *marketing*" que "diretora de suprimentos", "diretora de alimentos", "diretora de pessoal", "diretora de produto". Aliás, o prestígio do *marketing* na sociedade "globalizante" (outra palavrinha de domínio público e significado tão pouco conhecido) levava Teresa muitas vezes a pensar na frase mais que batida que seu irmão lhe dissera um dia desses, com aquele seu ar superior: "Eu queria ser tão bonito como minha mãe acha que eu sou, ter tanto dinheiro como meus amigos acham que eu tenho e dormir com tantas mulheres como minha mulher acha que eu durmo." Pois Teresa também: ela queria ter um emprego tão bom como acham que ela tem; ganhar tanto dinheiro como acham que ela ganha; e de homens, então, melhor nem falar... "Trabalho num subúrbio do Rio, ganho um dinheiro que mal dá para pagar as contas e nas horas vagas tento fazer aquilo que seria a minha vocação natural, como disse o astrólogo na última consulta: escrever, escrever. Mas como é que eu vou exercer o dom que Deus deu... que Deus deu (isso não é uma música?) sem um tostão no bolso?"

Assim, nossa protagonista passa o dia trabalhando numa empresa de sapatos. Não, não é uma sapataria. Fazem sapatos de moda, para vender tanto no país quanto no exterior. Embora o objeto não seja dos mais bacanas dentro do mundo da moda — melhor seria vender *lingerie*, *t-shirts* ou maquiagem, aliás, *maquillage*, com dois eles, como preferiria a mamã desta que vos fala —, sapatos sempre foram um bom produto. Óbvio, ninguém (ou quase ninguém — afinal, ainda restam os miseráveis) anda descalço e, além disso, couro no Brasil tem para dar e vender. Pois então Teresa está no mundo da moda, aliás, no mundo que tenta ser da moda. A meta é chegar a ser como eles, os da moda, os primeiros; para isso, compram-se todas as revistas importadas e copiam-se todos os sapatos que lá aparecem, minuciosamente observados através de lentes de aumento, naturalmente também importadas, "que as brasileiras não prestam". Às vezes, alguém viaja "para ver as tendências", dizem, mas na verdade é para trazer mil pares de sapatos escondidos na mala, que serão clonados, da forma mais vagabunda e perfeita possível.

E assim, entre solas e saltos, Teresa conheceu João.

João chegou à SLC para ser o diretor-geral. Geral mesmo. Ele resolveria o sortimento, a compra, a data de lançamento das coleções, a matéria-prima, o preço final, a propaganda, João resolveria tudo, inclusive quem fica e quem sai. Dizem que se mede a competência de um executivo vendo quantos ele será capaz de demitir logo na partida. Teresa sabia disso, ela conhece todas as máximas que fazem a *intelligentsia* brasileira. Mas ela também sabia que ali ela não era pouca coisa, era "peixinho do dono" (como diziam as boas e as más línguas do escritório), para quem escrevia cartas e cartinhas — a empresários, banqueiros e tudo mais — e põe tudo mais nisso... "Todo mundo ali sabia inglês, mas português, só eu sabia — esse era o meu grande trunfo." E é natural que seja assim: em geral, quem faz moda entrou justamente no ramo porque estudar nunca foi seu forte, fala mal o português, se vira razoavelmente bem no inglês ("desejável uma segunda língua", dizem os classificados, como que reconhecendo a fragilidade da língua-mãe) e, se pudesse, passaria o dia a ver vitrines e folhear revistas, de preferência as importadas, óbvio. Sonho de consumo? Manhattan, *sure,* a Quinta Avenida e o Soho; Milão, de vez em quando, nos lançamentos de coleção; uma passadinha por Barcelona, outra por Paris e Londres — e de velho continente basta, e mesmo assim hospedado em hotel moderno, que hotel antigo, como o resto do mundo, dá asco, não vale um tostão. Teresa achou que João deveria ser mais um desse tipo, alguém, aliás, lhe tinha dito que ele tinha anos de varejo, e "varejo, minha filha, é varejo em qualquer lugar do mundo". Como um executivo com currículo brilhante, ela foi apresentada ao novo diretor-geral. "Teresa, João. João, Teresa."

*

Imediatamente, quando olhei para aquele homem, vi que ele me interessava. Sempre soube quando um homem me interessa no exato momento em que o vejo. Não é uma questão de predestinação, não é intuição, não é adivinhação. É questão de corpo. Do corpo do homem, do olho do homem, do cheiro do homem. Se olho, posso gostar imediatamente, assim como olho e posso não gostar, também imediatamente. E aí não olho mais, pronto, acabou. Mas se gosto... Aquele homem, eu olhei. E gostei. E como gostei, queria olhar mais, claro. Ele vestia preto, dos pés à cabeça, o que lhe dava um ar estranho, exótico, talvez. Mas ele não era daqui, vinha de longe, ainda não se sabia bem de onde, uns diziam que era de São Paulo; outros, de Florianópolis. Devia ser mesmo São Paulo, porque se fosse Floripa, cidade também praiana, provavelmente ele teria os mesmos hábitos de vestuário dos cariocas — cores berrantes ou então bege ou branco no verão; e preto, só preto, no inverno — com ou sem chuva. O homem de preto era bem maior do que eu, e isso, por si só, já me agradava bastante. Meu corpo certamente iria sumir no corpo dele, meu corpo ficaria dentro do dele; quando ele me pegasse na cama e me colocasse sobre ele, minhas pernas se encaixariam perfeitamente dentro das suas, e eu me sentiria como um recém-nascido seguro na palma da mão da enfermeira gorda e grande. Não sei bem de onde vem isso, a vontade de me encaixar no homem, de que o corpo do homem proteja e encubra o meu, como um poderoso guarda-chuva, que nos protege tanto da água que cai dos céus como da lama que os carros de motoristas sem-vergonha insistem em nos jogar, justamente quando nossa roupa é fina, faz frio e chove. O homem era grande, muito grande, e me fazia lembrar dos jogadores de vôlei que eu via ao vivo no estádio, onde também eu treinava vôlei, muito mais interessada nas pernas dos jogadores que nas bolas, pernas de super-heróis — os músculos tesos, a pele rígida —, na verdade, eu sempre tive fixação por pernas grossas, desde adolescente, nunca gostei de homem de perna fina, não sei bem o motivo, que diferença a perna faz, se ainda fosse o pinto... Mas, afinal — se é que o "afinal" é necessário (afinal para que e para quem nos afligimos tanto, sempre em busca de uma conclusão, de um afinal?), mas, afinal, quem é esse homem? Comecei olhando para baixo, olhei para os pés, ele venderia sapatos, sim, toda empresa de varejo não passa de uma loja onde se vende e se compra; pode até ter, entre os braçais, os intelectuais (João, por exemplo), mas, no fundo, intelectuais e braçais no varejo valem a mesma coisa, vendem sapatos, por mais que os ignorantes da empresa — e aqui está cheio deles — insistam em dizer vende-se sapatos, está errado, vendem-se, na feira ou no *shopping center*, Rio ou Milão, vendem-se. Pois a primeira coisa que fiz foi olhar para os pés de João. No mundo em que calçado não passa de uma palavra *demodé*, tão *demodé* quanto esta própria palavra, que os boçais recusariam veementemente — já que eles possuem um dicionário próprio, carregado de palavras estrangeiras, pois "a língua brasileira" (sim, querido, é isso que eles diriam...) "é pobre, querida, muito pobre"... Então, no meio desses *fashionistas*, daqueles que se acham os vanguardistas da moda e do mundo, os *fashionables*, os *ins*, sempre com o narizinho em pé, de quem sabe o que se usa — o que se fala — aonde ir — o que se deve ser — isso é legal — isso não é legal — porque eles conhecem Manhattan de cabo a rabo e vivem tomando martíni no... (como é mesmo o nome daquele restaurante em Nova York?) — mais uma vez me esqueci, sempre me esqueço, é uma loja também, que eles, "os *fashions*", entram e fingem que não estão nem aí, e andam como se andar por aquele espaço tão minimalista, futurista e vanguardista (palavras que eles adoram, embora não sejam capazes de explicar o que nenhuma delas significa — mas isso pouco importa, os istas são tudo...) fosse tão natural como andar pela casa deles descalço, assim, vão entrando, olhando para frente, tentando se sentir iguais aos que estão ali sentados, que por sua vez também estão tentando se sentir iguais aos que estão na mesa ao lado, mas, enfim, nesse meio da moda, neste meio tão *cult*, de muitos martínis e poucos chopes, acredita-se piamente, acredita-se cegamente, que é pelo sapato e pelo relógio que se conhece um homem. Sim, não é mais comendo ou jogando, isso foi nos tempos de nossas avós, *darling*, agora é o sapato e o relógio. Primeiro, então, olhei para o sapato. Estranho, o sapato era leve, não combinava com a roupa preta, o sapato era um mocassim, não, o nome não seria esse, claro, mocassim, nome tão velho e antiquado; ao contrário do nome, era um sapato leve, e ele estava sem meias. Aquilo foi definitivamente o que me assustou, o nosso executivo, o diretor-geral, o bambambã da moda, estava com um sapato talvez um pouco feminino, sim, talvez feminino o sapato fosse, teria sido isso que me surpreendeu? Seria isso? Até hoje não me esqueço daquele sapato, sobre o qual nunca comentei nada com ele, mas também nunca mais o vi nos seus pés. Às vezes penso se João foi capaz de sentir ou intuir a minha má vontade contra seus sapatos levemente femininos para minha idéia de sapatos masculinos, embora tenha disfarçado minha opinião, mesmo porque não quero mais homem para ser meu filho, filho é filho, homem é homem, e faz parte de meu amado usar todos os tipos de roupas, extravagantes ou não, coloridas ou pretas, extravagantes, sim, ele é extravagante, naturalmente extravagante, afinal, ele é da moda, e alguém da moda há de ter qualquer coisa de diferente, de estranho, de extravagante... diria Vinicius; hoje, querido, o samba toca em outro tom. Extravagância, bela palavra, talvez a coloque até como título do livro que agora começo, do livro que vou escrever sobre ele e sobre nós, a seu pedido, quem sabe *stravaganza,* será assim em italiano? De todo jeito, fica bonito. Mas, enfim, eu buscava, como uma *voyeur*, ver a pele do homem, o corpo do homem, algum ponto que fosse, já que o preto lhe encobria tudo, e ele, como que adivinhando que eu o olhava, não só o olhava, o admirava, um homem grande, de preto, ele — o homem grande, bonito, de preto — pegava e cruzava as pernas e volta e meia alisava a própria perna com as suas mãos, grandes e belas, que eu já tinha me dado também o direito de observar, e eu, cá do outro lado da sala, fazia o mesmo, cruzava e descruzava as minhas pernas, imaginando que, se eu o via, ele também me via, e, se eu também passasse as minhas mãos nas minhas pernas, ele também imaginaria as suas mãos sobre as minhas pernas e as minhas pernas sobre ou sob as mãos dele, e as minhas mãos sobre as pernas dele, pernas que deveriam ser iguais às dos jogadores de vôlei que povoaram minhas fantasias juvenis. Eu olhava aquele homem embevecida sem acreditar que ele tinha chegado ali, que ali estava ele, em pleno subúrbio do Rio de Janeiro, numa fábrica de sapatos, no meio de tanta gente imbecil, tanta gente ignorante, tanta gente "menas", num ambiente encalorado, sob telhas de amianto, ele, um homem tão extravagante, *stravagante*, ali estava ele, e sem saber de nada, sem saber quase nada, eu já me interessava por ele, embora de fato eu não soubesse se era esse homem que me interessava ou se eu estava apenas, e mais uma vez, criando um homem por quem me interessar. Afinal, sim, afinal, Anita, talvez eu faça mesmo uma grande confusão entre ficção e realidade.

(Era uma vez, nos dizia mamãe, e entre príncipes e princesas, nós podíamos dormir tranqüilos, embora no final o cavalo tropeçasse na ponte, os doces caíssem e nós ficássemos sem nada.)

*

Chego em casa morrendo de calor. A casa está uma desordem, a empregada faltou — como em geral acontece às segundas-feiras e ninguém quis fazer o serviço que ela não fez. Pergunto a Maíra por que ela não retirou os pratos de comida da sala, ela responde: "Por que eu?" "E por que não você?" Vou a Flavinha, ela vê TV no seu quarto, entre colchas e cobertores espalhados pelo chão. Pergunto que bagunça é aquela e ela me responde: "A culpa é minha?" "Então é minha?" Lucas já está dormindo e, se dorme, é sinal de que vai acordar daqui a pouco e sou eu mesma, a mãe que o pariu, que irá acompanhá-lo madrugada adentro. Começo a recolher as coisas, e cada coisa que pego e coloco no lugar, reclamo, pensando como basta um fim de semana, um fim de semana só, para nossa casa desmontar, como se fôssemos vândalos, e talvez vândalos sejamos mesmos. Nós quatro e uma bagunça de quarenta.

— E a Rosa, ela deu sinal de vida?

— Não — responde Maíra. — Quem ligou para você foi o Carlos.

— Ah, é? A que horas?

— Não sei, mãe, não fico controlando relógio, não. Foi agora à noite.

— E por que você não me falou?

— Estou falando, não estou?

Maíra era assim, nervosinha. Herdou o gênio do pai e, como filha mais velha, sempre foi excessivamente mimada. Maíra tinha sempre razão, era isso no fundo que eu pensava. Com ela, não se podia bobear, ela sempre tinha uma resposta afiada a dar, e, pior, ela me conhecia tanto ou mais que eu mesma.

— O que aconteceu hoje no trabalho que você está assim?

— Assim como?

— Assim, histérica.

"Histérica", eu sempre detestei essa palavra. Era com "histérica" que Fernando, meu ex-marido, costumava finalizar nossas brigas. Ele sabia que, ao pronunciar a palavra mágica, a discussão estava encerrada, com vitória arrasadora para ele, naturalmente. Uma escritora, podia ser tudo, menos histérica — ele e parece que Maíra também sabem disso. Histéricos podem ser os diretores de cinema, os professores, os executivos, os atores, até os adolescentes.

Uma escritora não; muito pelo contrário, os escritores devem ser contemplativos, sossegados e tranqüilos. E, de preferência, pálidos, com pouco (ou quase nenhum) vestígio de sol e luz.

— Não aconteceu nada. E eu também não estou histérica — respondi visivelmente irritada.

— Liga logo para o Carlos, mãe, liga, talvez ele te acalme.

Maíra me provocava. Ela queria me dizer que tudo era uma questão de homem. Não era a bagunça que tinha me irritado, não era o atrevimento dela nem o desleixo de Flavinha, não era a ausência da Rosa; era a falta de homem, a minha solidão. Ter uma filha jovem me obrigava a ir para a berlinda várias vezes por dia. Eu podia ter dito "não enche, Maíra", tratando-a de igual para igual, como várias vezes já fiz, mas achei melhor engolir a raiva.

— Não sei por que você sente tanto prazer em me agredir, Maíra — retruquei ironicamente.

— Ai, não força, mãe. Vê se liga logo para o Carlos, sai com ele. Aposto que sua cara vai melhorar.

E, embora eu não tivesse nem pensado em Carlos no dia, era obrigada a concordar com minha filha. Realmente, sair com um homem é bem melhor que ficar em casa, entre panelas sujas, tapete imundo e cabelos pelo banheiro.

— Você olha o Lucas para mim?

— Sabia, sabia que ia sobrar para mim. Olho, mãe, olho. Mas vê se não demora que eu estou com sono.

*

Meia hora depois, Carlos passava em minha casa. Eu entro no seu carro, ele se vira para mim e me dá um beijo na boca. Eu me assusto — que isso, assim, tão diretamente? Mas retribuo, naturalmente. Ele beija gostoso e eu me sinto uma adolescente (Maíra, talvez?) dando um sarro dentro do carro. Vamos ao cinema, o filme é horrível e ele me propõe sair no meio da sessão. Eu nunca gostei de largar as coisas pela metade, me lembro de um filme do qual saí no meio e depois minhas amigas disseram que a história tinha ficado ótima e eu perdi. Tenho medo de perder as coisas. Quando era criança e ficava doente, sempre imaginava que, justamente no dia em que não ia à escola, apareceria lá uma comissão (de onde tirei isso?) para escolher alguns alunos que ganhariam alguma coisa, um prêmio, uma viagem, sei lá. Eu não estaria e ninguém se lembraria de mim (que rejeição, hein, Anita, "desde menina", você diria). Puro medo imbecil, obviamente nunca ninguém apareceu e a aula foi sempre a mesma. Mas o filme podia mudar... Sentada ali, pelo menos eu podia ficar quieta, não ouvir o barulho da TV nem o som do *videogame*, e pensar no que quisesse, em quem quisesse. Confesso que pensei em João, se ele estaria na SLC no dia seguinte, se falaria comigo, com que roupa ele iria trabalhar, com que roupa eu iria trabalhar. Pensei no homem bonito que ele era, no que poderia fazer para seduzi-lo. Mas ele está longe, não sei onde, não sei com quem. A meu lado, está Carlos, indócil: mais uma vez ele me chama para sair. Acabo cedendo. "Vamos."

— Vamos para a minha casa. A gente bebe um vinho e fica assistindo à TV. (Sim, ficamos vendo TV, depois do vinho, certo, certo... É claro que iríamos para a cama, não foi por outra coisa que ele me ligou, claro, foi à procura de sexo. E também não foi por outra coisa que eu vim.)

— Só se você me prometer que me leva cedo para casa. A Rosa não veio e as crianças estão sozinhas.

— Prometo.

*

Naturalmente Carlos não cumpriu a promessa, e eu sabia muito bem que ele não cumpriria mesmo. Mesmo porque eu não fiz o menor esforço para que ele a cumprisse. É bom ficar em uma casa que não é nossa, deitar naquela cama tão diferente da minha, sentir outro perfume, ser desejada. Sexo nos faz esquecer o tempo. E é verdade, eu e Carlos sempre nos demos bem na cama; o corpo da gente encaixa, a pele, o beijo, é tudo bom. Depois de Fernando, ele é meu parceiro mais freqüente. Na primeira vez em que fomos para a cama, achei até que ia me apaixonar. Fiquei feliz da vida, jurava ter arranjado um homem melhor que Fernando, em todos os sentidos. Pura ilusão. Depois de uma noitada de muito sexo, em que ele mostrava todo o seu potencial — e é grande o seu potencial — e eu, de alguma forma, tentava corresponder às suas expectativas, nada aconteceu. No dia seguinte, ele não me telefonou e eu também não liguei para ele. E assim a coisa foi. Hoje, talvez para não perdermos o elo, talvez por solidão mesmo, ou ainda só em busca de orgasmos — e por que não? —, de vez em quando combinamos ver alguma peça de teatro para a qual ele tem convites, ou, então, ir ao cinema e comer uma pizza. Tudo isso como preliminar, que depois vem mesmo a cama, a trepada — usemos uma palavra mais precisa — cuidadosamente feita, do início ao fim, perfeita. É bom estar com ele, embora seja sempre a mesma coisa. E a mesma coisa termina de manhã, eu voltando para casa de táxi, com a roupa da noite, tendo que passar pelos porteiros do meu prédio com a cara no chão, dando um disfarçado "bom dia" e pensando no que eles certamente estão pensando: "Essa daí deve ter dado a noite toda, tirado a diferença, aproveitado." "Sim, senhores, aproveitei. Mas não tanto, porque logo logo estarei seca por um reforço."

Com essa sensação de pote cheio — mas não tanto —, entro em casa imaginando todas as catástrofes que poderiam ter acontecido à querida família. Lucas poderia ter acordado, ido à minha cama, me procurado, chorado;

Maíra poderia ter ficado com muita raiva, devia ter tentado falar no meu celular e eu não escutei; Flavinha poderia ter tido uma febre horrorosa, ela, que ainda se recuperava de uma amigdalite. Isso sem falar em eventuais incêndios ou assaltos, e as crianças ali, sozinhas, órfãs, coitadas (quanta culpa!). Simplesmente troquei meus filhos por uma bela trepada. Mas, felizmente, vistorio os três quartos e vejo que tudo está normal. Imediatamente entro no banho, disposta a lavar a noite que, apesar de boa, era sempre insuficiente. A sensação de que era uma noite só, que aquilo não tinha continuação, não tinha antes nem tinha depois, sempre me incomodou. Eu quero a história, com princípio, meio e fim, e meu caso com Carlos, se é que podemos chamar assim, não tem história. São capítulos, capítulos soltos, ou melhor, nem capítulos são; são páginas soltas, desconexas, e eu deveria lê-las na ordem que quisesse, como quisesse. Correndo, me arrumo para o trabalho. O que vai pensar João se eu chegar atrasada? Rosa fala uma coisa qualquer, talvez esteja se justificando pela falta de ontem, nem escuto. Ontem já foi.

— Tchau, Rosa, preciso ir, qualquer coisa me liga.

Parto enlouquecida.

*

Depois do sapato, busquei o relógio. Procurei-o no pulso esquerdo, depois no direito, e nada: João não usava relógio. Estranho não usar relógio. Pensei como ele acompanharia as horas do dia: as horas da manhã, a hora de acordar, tomar o banho, fazer a barba, ir para o escritório, as reuniões no escritório, a hora do almoço, a hora do café, a hora dos telefonemas, a hora de ir ao banheiro, a hora de voltar para casa, a hora de ver o jornal na TV, a hora de dar o telefonema, a hora de dizer que não vai dar, a hora de marcar o encontro, a hora de dormir. Nossa vida se mede por horas. A hora de ficar calada, a hora de brigar, a hora de ficar louca, louca por um telefonema e fingir que não se está nem aí, a hora de espernear e chorar quando de fato não se está nem aí. Temos hora para tudo, e estranho, ele não tinha, não tinha horas, não tinha relógio. E, no entanto, era o primeiro a chegar, pontualmente. Talvez devesse olhar as horas no relógio do carro, no *palmtop*, onde haveria ele de acompanhar o nascer e o pôr-do-sol? Nós não olhamos para o céu, é fato, aqui a luz é artificial, mas o ir e vir, do sol e da vida, a gente acompanha pelo relógio. Olhei para ver se ele olhava para algum canto para saber que horas são, mas ele não olhou para canto algum, e eu fiquei curiosa em saber por onde ele media seu dia. Tive vontade de perguntar, mas uma pergunta dessas não cabe a uma diretora de *marketing*, mostraria um interesse exagerado por uma coisa sobre a qual eu nunca me preocupei, nunca reparei se as pessoas usam ou não relógio, embora saiba a importância que um relógio tem nos dias de hoje, sobretudo no mundo da moda, "um relógio é tudo, querida, você vê quem a pessoa é, o que ela faz, onde mora; pelo relógio, você sabe de tudo", dizia Zeca, o estilista da SLC, "o mais descolado dos descolados". Mas eu nunca me importei com isso, embora agora estivesse ali, buscando um relógio em um executivo aparentemente sem horas para controlar. Aparentemente. Pouco tempo depois, descobri por que ele não precisava de relógio algum.

*

"Descolado", esse era o principal atributo para ingressar na SLC. Ser uma pessoa antenada, saber o que está se usando — e usar; saber o que está se falando — e falar; saber aonde se deve ir — e ir. Fundamental ser charmoso, elegante, *fashion oriented*. Se você é *fashion oriented*, é você que estamos procurando. Essencial também saber inglês. Desejável ter o jipe da moda, ter morado em São Francisco e usar *griffes* internacionais (atenção, querida: griffe ou marca? Verificar). Não importa a sua idade ("a Gap usa mulher velha nas propagandas, a gente precisa ter umas mulheres assim, com ruga, fica bacana"); não importa a cor (mentira, negros só para o andar de baixo, departamento fiscal; "aqui em cima só se for uma puta negra do tipo Naomi, isso é legal"); não importa muito a preferência sexual ("toda empresa de moda tem que ter uns veados, faz parte; agora, ao mesmo tempo, tem que ter uns caras equilibrados para segurar os veados", dizia Pedro Paulo). A escalação da SLC parecia, portanto, perfeita: no ataque, Zeca, o *stylist* descolado (atenção: pronunciar *estailist*); na defesa, João, o executivo mais equilibrista que equilibrado — ninguém ousaria pensar que o cara era viciado em programas chulos, "quanto mais anões, mulheres peladas e bizarrices, melhor". O fato é que o Fla-Flu estava armado, e quem tinha escalado o time era Pedro Paulo.

Pedro Paulo é o dono da SLC, deve ter uns 45 anos, desde os 16 trabalha com comércio. Primeiro, foi dono de uma borracharia, depois, de uma sapataria de bairro; até chegar à SCL, hoje com 52 lojas em todo o Brasil. A meta é atingir cem nos próximos dois anos. Para isso, é necessário "pôr os pés no chão para voar mais longe" — esse era o lema da brilhante (sic!) campanha criada pela diretora de *marketing* para marcar um novo (novo?) momento na história da empresa — como disse Pedro Paulo, na reunião de lançamento do "Programa".

Para conduzir o "Programa Rumo aos Céus" (sic, sic, sic!), foi convocado João Reis, de vasta experiência corporativa: "O cara veio de multinacional, sabe tudo, o negócio é a gente segurar ele aqui, esse pessoal que vem da B&C é cheio de dedo, cheio de mania, não acostuma com esse nosso jeito de trabalhar, não. Vê se dá uma atenção especial para ele, Teresa, enturma o cara na companhia, faz com que ele se sinta bem no Rio, apresenta ele para umas amigas, cadê a Clarinha?", pergunta Pedro Paulo.

— Não sei, Pedro, tem tempo que eu não falo com ela.

— Acha a Clarinha, Teresa, acha, ela é bacana, o cara vai gostar. Mas não espera não: começa hoje mesmo. Chama o homem para almoçar, chama, eu estou pagando.

— Ok, Pedro. ("Menos mal, melhor almoçar com o diretor do que com essa turma aí", pensa Teresa, "além de tudo, é homem e é bonito"; fora o fato de um pedido de PP ser sempre uma ordem.)

— Olha lá, aproveita, ele está te chamando. Dá uma força para o cara, Teresa. Você é inteligente, João também. Garanto que vocês vão se dar bem (ah, se PP imaginasse o que Teresa já imaginava...). Conto com você.

— Hum hum... — pensou Teresa, caminhando até a mesa de João.

— Sim.

— Preciso de um favor seu, Teresa.

— Hum hum... (um beijo na boca, uma massagem ou uma chupada?).

— Preciso que você faça um organograma da empresa (ah! *c'est ça?*), e coloque em folha separada o que cada pessoa ganha, o que ela acha da empresa e do seu trabalho. Você pode fazer isso para mim com todas as pessoas do andar?

— Hum hum... ("ora, mesmo que não pudesse, se ele era o diretor-geral, como eu diria que não poderia? Quer dizer que esse cara já vai saber quanto eu ganho, é? É para ver se vale a pena me ter aqui? Legal! E eu, também, vou saber quanto ele ganha?"). Só isso?

João falava tão baixo que Teresa fazia esforço para ouvi-lo. Ainda mais que sua atenção estava concentrada nos óculos que ele usava: "Parecia fundo de garrafa, sabe como é? Óculos para gente que tem dez graus em cada vista, estranhos. Mas eram Armani", pensou Teresa; e, contra Armani, quem há de se rebelar?

Através de Armani, João também observava Teresa, tinha algo nela que lhe interessava. Talvez fosse seu jeito carioca de ser: informal, descontraída, despachada; ou a sua competência, sempre às voltas com mil coisas ao mesmo tempo, ou ainda, a capacidade de se relacionar facilmente com as pessoas — do *boy* à presidência da empresa. Ou talvez não fosse nada disso, fosse simplesmente o jeito de ela andar. João reparou que Teresa andava na ponta dos pés, e sem saber muito por quê, pensou em Teresa na cama e concluiu que ela deveria ser uma mulher quente, "quentíssima". Deixou o pensamento passar. "Nada de confundir vida pessoal com vida profissional"; ou em versão mais chula: "onde se ganha o pão, não se come a carne".

— Escuta, Teresa...

— Sim. (Foi bom voltar e poder olhar mais de perto a mão do homem. Reparei nos dois anéis, estranhos, ainda mais para um *yuppie* paulista. Será que eles substituíam a aliança, ou eram apenas acessórios para compor o tal homem "muderno"? Precisava descobrir: o sinal estava verde ou vermelho?)

— Você aproveita e pergunta assim, na cara, o que a pessoa acha do chefe imediato dela. Diz que só eu vou ficar sabendo, deixa a pessoa falar à vontade, e anota o principal.

— Mas... (Teresa resolveu se posicionar. Queria que ele a achasse uma mulher politicamente correta, inteligente, bacana). Você acha isso legal? Você acha isso certo?

— Certo? Você sabe a diferença entre justo e certo?

— Não.

— Comer a vagina é certo, mas não é justo; comer o cu é justo, mas não é certo.

Teresa deu uma gargalhada — afinal (vamos repetir), ela queria que João a achasse uma mulher politicamente correta, inteligente, bacana... uma mulher moderna, com *sense of humor*. Mas, de verdade, ela ficou profundamente chocada. "Ou o cara era um grosso, ou era um louco, completamente louco, ou então, ele me considerava não uma mulher, mas um homem, com quem poderia falar todo tipo de sacanagem, não sei o que naquele momento era pior."

Dessa forma, Teresa preferiu não comentar com ninguém o que tinha ouvido, nem com Rita, sua fiel escudeira — talvez por medo de denegrir a imagem do diretor de homem sério, equilibrado, cheio de bom senso; talvez porque não quisesse denegrir a sua própria imagem, correndo o risco de se revelar uma mulherzinha ingênua, chocada com meia dúzia de palavrões ditos por um colega de trabalho.

— Quem ele pensa que eu sou?

— Que importância tem isso, Teresa, o que importa é quem você pensa que é — Anita, na sessão da última terça-feira, sobre o caso de Teresa com Carlos.

Tempos depois, Teresa perguntou a João o que ele quis dizer aquele dia com "pode me levar aonde quiser", quando ela o convidou para almoçar, conforme a ordem de Pedro Paulo. "Já queria me comer, já queria ter um caso comigo, já queria me namorar?"

Ele respondeu que não queria nada, que tinha falado aquilo absolutamente sem maldade.

"Então, eu é que tinha segundas intenções? Sendo assim, devia ter levado você logo para o motel, apressado tudo, e posto um ponto final naquela conversinha furada."

— Onde você quer almoçar?

— Escolhe você. Para mim tanto faz.

— Vamos aonde ninguém vai.

"Estranho, por que aonde ninguém vai? Mas enfim, era o gosto do rapaz... paulista tem dessas coisas", pensou Teresa.

Logo chegaram à churrascaria, justamente a que ninguém ia simplesmente porque era a mais cara.

— Perto de criança não, por favor! — disse João ao *maître* quando este lhe sugeriu um local encostado à janela, próximo a uma mesa onde um casal com duas crianças rechonchudas, famintas e falantes devoravam hambúrgueres e batatas fritas.

— Por quê? Você não tem filhos? — atacou Teresa disposta a rapidamente desvendar a vida pessoal do diretor.

— Filhos? Prefiro cachorro!

Teresa se assustou. Como podia ela, uma mãe de três filhos, estar ali, já encantada com um homem que de cara dizia não gostar de crianças? Não gostar era eufemismo, figura de linguagem, ele preferia cachorros! Mas logo ela retocou a maquiagem: queria que o homem (i) grande (ii) de preto (iii) dois anéis (iiii) óculos Armani (iiiii) a achasse bacana (de novo, querida?) — e atenção, uma mulher, e não uma mãe bacana. ("Quando você tem três filhos, é como se você não fosse mulher, seus filhos não te vêem como mulher, ninguém te vê mais como mulher, e você acaba também não se vendo mais como mulher, é estranho, você é mãe e, como mãe, está acabada, está assexuada, é Virgem Maria; e de repente, você está diante de um homem que te dá tesão, e aí você percebe que é mulher (ainda, OBA!), que seu clitóris está ali, pulsando e dando sinal de vida (UAU!), e aí você sente vontade de colocar perfume e dar o pescoço para o homem chupar." (E por que não, ma chérie? Nós não temos tempo, nós temos pressa!)

João e Teresa almoçaram no fundo da churrascaria, em um lugar escuro e gelado. Ela não contou que tinha três filhos, ele também não perguntou. Também não falaram de cachorros — justo que se diga. Tanto frio para só falar de sapatos. "Não", corrigiria Teresa, "tanto frio só para ficar perto dele, fosse o frio que fosse, a conversa que fosse, valia. Que homem interessante", pensava ela, já completamente fascinada pelo cavaleiro que, do outro lado do rio, sorria um sorriso de vencedor (afinal, MBA em Harvard), montado em um cavalo branco de Napoleão que, obviamente, para Teresa, não escorregaria jamais.

*

Quantas bobagens. Não posso escrever um livro sobre bobagens, sobre churrascarias e conversinhas ridículas, sobre o que se disse ou se deixou de dizer, a quem isso pode interessar? Ninguém presta atenção ao que dizemos, o tempo de ouvir é cada vez mais escasso, o de ler também. Assim como todos, eu também não tenho tempo para as coisas do dia-a-dia, bobagens, que me importam? Como, então, aceitar escrever sobre a gente, nosso caso é só um caso, bem me quer, mal me quer, mal me quer, bem me quer — trevinho da sorte. Isso não dá novela, não dá romance, meu amor. Preciso de coisas excepcionais, personagens de Rubem Fonseca, eu quero o policial, o sobrenatural, o enredo. A idéia que ninguém teve, o que nunca foi dito, nunca escrito. O homem que engole fogo já não me dá mais medo, agora, em cada esquina, engole-se fogo, e já ninguém mais olha, nem para o fogo, nem para o homem. Nem eu mesma, que vivia encantada no circo, admirando o engolidor do fogo, aquele herói destemido que colocava labaredas na boca e brincava com o fogo como quem brinca com uma boneca velha de pano, trapo indefeso. O engolidor de fogo, de onde ele vinha, como podia se expor assim, que medo e inveja ele me dava. Hoje já nem o olho no sinal, o fogo me parece de mentira, e quanto mais vejo os engolidores, mais os desprezo. E desprezo também os equilibristas, de pratos ou de bolas, no circo ou na rua, eles não valem um minuto da minha atenção. Todos os meninos fazem seus malabarismos, é tudo igual, e eu paro no sinal e fecho os olhos, fingindo que estou pensando, seriamente pensando, e não estou pensando em nada, só não quero olhar a mesma coisa, tendo que achar graça de uma cena para mim absolutamente sem graça. Podem os meninos subir uns nos outros, pegar mais bolas, fazer mais estripulias, tanto faz, ninguém mais lhes dará atenção, o que é igual não nos comove, nem a morte. Então, como escrever sobre o que todo mundo faz? A quem essa história há de interessar? Estou condenada a contar a história de um homem e de uma mulher que se conhecem no trabalho e se apaixonam (apaixonam?). O que há de novo nisso? Por que o amor chega e me lambe com essa tal voracidade, como um engolidor de fogo? Não posso me entregar a ele assim, o amor não me faz bem, não me dá romances, o amor não me dá dinheiro, nem ao menos fama. O amor me deixa de cama, me tira a inspiração, me faz ficar dias pensando num homem que certamente não pensa em mim como eu penso nele; o amor me dá insônia. O amor não dá história, querido, e eu preciso desesperadamente de uma história, preciso escrever meu livro, então, preciso de fatos, inventar alguns, apimentar outros, distorcer as falas, transformarnos em personagem. A vida real, meu amor, é arroz com feijão, é trivial, não dá uma linha sequer.

*

Tento fazer Lucas dormir. Ele é como eu, não consegue dormir. Eu digo a ele que fique quieto, que o sono não gosta de barulho, o sono gosta de silêncio, de um lugar escuro, e gosta que a gente fique pensando que sonho a gente quer que ele traga para a gente.

"Você quer um sonho de fada ou de bruxa, de dragões ou dinossauros, de príncipe ou princesa?". Nada faz Lucas dormir, ele se mexe para lá e para cá, até que eu não agüento mais e dou um grito. Não acho politicamente correto gritar com meu filho pequeno, ele não merece meu grito, simplesmente, como eu, ele não consegue dormir. Misteriosamente, depois do grito, ele dorme. Eu levanto da sua cama, vou para o meu quarto. Sei que preciso escrever, preciso me concentrar, preciso me esforçar. É essa a hora que tenho livre e é esse tempo livre que tenho que aproveitar. Preciso me convencer disso e por isso penso e escrevo, escrevo e penso. Só a labuta diária nos levará ao reino dos céus. Inspiração que nada, é transpiração. Sofrimento. Há de penar por merecer. Disciplina, disciplina, disciplina. Mil e quinhentas abdominais, três horas de esteira, duas horas com *personal*, uma hora de caminhada três vezes por semana, hidro, massagem, esteira, hidro, quente, frio, suar até molhar a camisa. Mas e aqueles que viram capa de revista da noite para o dia? E os que acertam na primeira música? E os *bestsellers*? Preciso me esquecer de todos eles e crer que um dia tudo vai dar certo. Tudo vai dar certo. Tudo vai dar certo, tento repetir para mim mesma. Mas é que o caderno está só começando e são tantas as páginas... Como acreditar que essa história, a nossa história, vai dar um livro? Tenho tantas coisas a dizer e, no entanto, não tenho nada a dizer. Falta alguém me dizendo: escreva, escreva, escreva. Escrever é um ato por demais solitário que eu quase não suporto. Para que escrever? Livros para quem? Livros têm um caminho curto: das vitrines, rapidamente às prateleiras; das prateleiras, aos armários dos fundos da livraria e dos armários, ao estoque da editora — como roupa que não presta, palavra já sem sentido, mobiliário velho. Tudo rápido demais. Talvez seja melhor ficarmos com nossos *e-mails*, nossos *blogs* e *sites*, fugazes, menos comprometidos e mais livres. Um livro me dá medo; me exige uma concentração que eu não tenho e, parece, nunca vou ter. Preciso resistir. Preciso, mas não resisto, é demais para mim. Fecho o computador e vou até minhas filhas, talvez sejam elas uma boa desculpa para interromper a "arte": a vida. Sinto culpa de me dedicar pouco a elas, embora com certeza me dedique menos (certamente menos) a mim mesma. Tento me aliviar, fazendo uma perguntinha boba, do tipo: "Que trabalho é esse?". Flavinha responde com muitas palavras, começa a me contar um caso que aconteceu na escola, finjo que ouço, se ela me pedisse para repetir, não saberia nem o começo. "Legal, hein?". Ela também não me ouve, logo não sei se o legal foi bem aplicado ou não. Talvez tenha escolhido erradamente a palavra. Se ela me contou, por exemplo, que alguém bateu em alguém, como poderia achar isso "legal"? Mas agora vou ficar sem saber o que ela disse, para sempre, o que cá para nós não faz muita diferença, porque, de verdade, nada do que ela dissesse hoje faria diferença em minha vida. Hoje só penso em João, estou tomada por esse homem, pelo seu corpo, sua voz, seu jeito. Pelos seus dois anéis. Pelo seu tênis vermelho.

Entre um pensamento e outro, vou ao quarto de Maíra, ela vê televisão e fala ao telefone. Pergunto com quem, ela diz que é com o pai. Saio do quarto como se o assunto não me dissesse respeito, é um assunto privado, então, tudo bem, nada me resta a não ser deixá-la à vontade com o pai. É bacana deixá-la à vontade. É justo... Já fiz a minha parte, uns três minutos de atenção para cada filho hoje. Boa média, hein, Teresa.

Talvez João tenha razão, manter distância das crianças é o que fazemos, às claras ou disfarçadamente. Logo depois me redimo, não, não é assim, amo meus filhos, não os quero longe, nem na churrascaria nem em canto algum. Minha vida é que é muito. Há muitas coisas a fazer: a praia, o filme do Oscar que a cidade toda já viu, a festa de aniversário do coleguinha da escola (Lucas não pode deixar de ir), o encontro tantas vezes adiado. As livrarias estão lotadas: os mais vendidos, os mais lidos, os mais procurados, os mais bem-sucedidos. Preciso arranjar tempo. Por minha culpa, minha culpa, minha máxima culpa. Prometo compensar a ausência no fim de semana. *Nam myoho rengue kyo*, diz o mantra budista. Repetir no mínimo 15 minutos pela manhã e 15 minutos à noite (olho desesperadamente o relógio, o tempo custa a passar). *Nam myoho rengue kyo*. No fim de semana, eu sou, eu vou, eu estou. Mas sei muito bem que no fim de semana vou estar exausta, vou querer dormir e, portanto, vou brigar com quem falar alto de manhã. De repente, lembro-me de que este fim de semana é do pai. Então, imediatamente concluo: vou me sentir triste, estupidamente triste e sozinha, sem ter o que fazer, querendo meus filhos de volta.

Como pode alguém não gostar de crianças?

*

Talvez seja essa aparente loucura, ou pelo menos, essa estranheza, que ligue Teresa a João. De um lado, a modernidade ("eu sempre quis ser diferente e João é diferente, desde a camiseta que ele usa até o que ele ouve, tudo, sei lá"); do outro, a ordem: cada coisa no seu lugar; cada lugar, uma coisa. Agendas, de preferência as grandes, para visualizar a semana toda; cursos de administração de tempo; *laptops*, *palms* e *notebooks*; canetas de variadas cores; malas e materiais preparados com antecedência; roupa escolhida de véspera — tudo rigorosamente previsto e programado.

— O que você tem que ver, Teresa, é por que essa ordem que você sempre negou, você agora está invejando, que ordem é essa que você está procurando? — diz Anita.

— Não procuro nada. Só estou achando legal uma pessoa ser assim. Questão de ponto de vista... A gente muda, não muda?

— Com certeza, pode mudar, todo mundo muda, mas João me parece que não.

Criado por dona Alzira, João foi preparado para ser um adulto sistemático. "Observo sua saída diária, como um filme, exatamente igual em todas as sessões."

Ele guarda os papéis nas gavetas; os papéis de rascunho, põe sobre a estante ao fundo. Engaveta as canetas, réguas, hidrocores, borrachas e todo o material de papelaria que ele faz questão de manter ali, intacto, pronto e disponível para uma hora de emergência, sem saber que, em se tratando de um geminiano aloprado, emergências simplesmente não acontecem. Tranca depois as gavetas, dando duas voltas com a chave em cada uma delas. Os trabalhos não concluídos são colocados em pastas coloridas, cada uma sobre um assunto, e as pastas, guardadas na mala, na mala que vai e vem, diariamente. Uma mala pesada que, além dos papéis, carrega o *laptop*. "Algum dia poderá ser preciso fazer um trabalho à noite." Às sete da noite, pontualmente às sete da noite — sem que ao menos uma sirene toque, e lembre-se, ele não usa relógios —, ele se prepara para a partida, como quem vai partir e nunca mais voltará, nunca mais olhará o sapato com cadarço na estante número um e nunca mais olhará o sapato sem cadarço na estante número dois. A mesa limpa e ordenada não deixa nenhum vestígio de que alguém esteve ali fazendo alguma coisa, qualquer coisa — coisa séria ou sem importância —, alguém ali passou para conferir um número, anotar uma idéia, entender um resultado. Teresa tem medo da mesa vazia: "Penso que ela pode ser o sinal de uma partida definitiva, um aviso de que aquele dia talvez seja o último: talvez ele nunca mais volte e talvez nunca mais eu o veja, nunca mais veja aquele homem que eu examino dos pés à cabeça, com prazer, todas as manhãs, observando a roupa que ele escolheu para o dia; cada dia, uma roupa, especialmente bonito com a camisa branca, uma camisa branca que nele não é uma simples camisa branca." Naturalmente não era mesmo. Mesmo vivendo no mundo da moda (atenção, querida: "mundo da moda" é como empadinha de queijo, acaba com qualquer festa), Teresa parece ainda não conhecer o mais óbvio dos refrões: uma vez Armani, sempre Armani.

(Ps: Falando em Armani, minha flor, recomendo: em certas manhãs, sobretudo as de maio, pegue aquela sua camiseta Hering, branca ou preta, muitíssimo bem passada com lavanda francesa, bien sûr, e mostre ao mundo que você está de Hering, por livre, pessoal e intransferível vontade. Mesmo que ninguém lhe pergunte, responda: "Sabe de onde é essa camiseta? Você não vai acreditar... É hherrring..." Após a surpresa (ou não — tanto faz) do interlocutor, continue sua caminhada, de Hering, mas só esse dia. No day after, logo pela manhã, entregue a blusinha à empregada, "está pequena em mim, você quer, Maria?", e siga de Prada. De Prada, você é um pós-moderno. Você é cult. E cult c'est tout.)

*

É noite no Rio. Estou dirigindo meu carro, João vem atrás. Passo diante da igreja da Penha — no alto do morro, ela é um ponto iluminado. Imagino as pessoas subindo seus degraus de joelhos, que promessas estarão cumprindo? Há muito tempo tenho vontade de ir lá, mas provavelmente nunca irei, ela é distante da minha vida e será sempre um retrato na parede da cidade. Desço a Leopoldina, o Rio se abre em linha reta, acho que este é o ângulo mais belo da cidade, do Maracanã ao relógio da Central; à frente, o Rebouças; embaixo dele, destinos se cruzando, a cidade maravilhosa se entrelaça sob as montanhas. João me segue e eu vou pensando em tudo isso, na cidade, nos destinos, no meu destino. Olho pelo retrovisor, queria que o homem do carro de trás visse através de seus óculos que meus olhos brilham, brilham por ele e brilham por essa cidade, essa noite, as pessoas, os destinos e a voz de Chico Buarque embalando tudo isso.

João não faz nenhum sinal. Talvez nem me reconheça. Certamente não vê o que eu vejo, menos ainda o que quero que veja. Olhares jamais coincidem, basta reparar na foto do grupo: a câmera no mesmo lugar, e cada olhar seguindo para um ponto. Talvez João esteja pensando no que fez hoje ou no que vai fazer amanhã.

Ele e eu estamos de vidros fechados, nos protegendo dos homens de fora e dos sentimentos de dentro.

*

Estou chegando em casa, Carlos me telefona me convidando para ir a uma estréia com ele. Fico em dúvida (apenas por um segundo) e acabo mais uma vez aceitando. Estou carente e acabo me envolvendo com Carlos, mesmo sabendo que isso não vai dar em nada, embora não saiba muito bem o que é dar em alguma coisa. Ligo para casa, aviso que não vou jantar lá, vou direto ao cinema. Peço a Rosa que olhe as crianças por mim.

Na sala de espera, busco Carlos. Não sei como vou cumprimentá-lo, se com um beijo no rosto ou um beijo na boca. Acho ridículo uma mulher da minha idade ter essa dúvida, mas a verdade é que tenho. Só falta ligar para Maíra para saber se, quando "ficamos", cumprimentamos no rosto ou na boca. Talvez ela tire de letra o que agora me perturba. Vejo Carlos conversando com amigos, fico com medo — "medinho", como dizia Fernando quando queria me irritar e então dizia que eu tinha medo de tudo —, e não me aproximo. Prefiro não me expor ao ridículo; é, é medinho mesmo. Espero-o entrar na sala de cinema. Sigo atrás. Ele me vê e me chama. Eu entro na fila onde ele está, ele me cumprimenta com um rápido beijo na boca, um selinho, como se diz. Ah, então somos namorados, penso eu. Engano. Ele está sentado à esquerda de um amigo, e eu, então, fico à direita do amigo, que, portanto, está entre nós. O filme começa. Não acredito no que está acontecendo. Até que tomo coragem.

— Carlos, muda de lugar.

— Para quê?

— Para que como?

Ele muda, mas tudo continua igual. Ele finge que não sou eu que estou ali.

— Não estou entendendo.

— O filme? Não está entendendo o filme?

— O filme não me interessa.

— Então, para que você veio ao cinema?

— Porque você me convidou.

— E eu não estou aqui?

— Está, mas não era isso que eu esperava.

— Como assim?

— Como assim o quê?

Não tive coragem de dizer a ele o que eu esperava, embora soubesse mais ou menos o que era. Esperava que eu encostasse a cabeça no seu ombro, que ele me desse longos beijos, que a gente visse o filme de mãos dadas. Era isso que eu esperava, de concreto, era isso. De abstrato, talvez eu esperasse *volver a los diecisiete*.

— Vou ao banheiro — aviso.

Fui de fato ao banheiro e do banheiro sumi.

Nunca mais liguei para Carlos.

Um dia, encontrei-o numa festa na casa de meu irmão, eles eram amigos, foi lá mesmo que o conheci.

— O que aconteceu com você aquele dia? Não gostou do filme? — perguntou ele, aparentemente curioso.

— Não, não foi isso.

— Ah, bem.

E com esse "ah, bem", demos o assunto por encerrado. Melhor mesmo, porque logo depois comecei a viver João, almoçar João, jantar João, tomar banho João e dormir pensando em João.

— A senhora faz coisa demais por um homem. Eles não merecem isso não, dona Teresa.

Sábia Rosa, eu deveria ter ouvido seu conselho — "sábia sabedoria" popular... Mas justo aquele conselho, tão fundamental, eu preferi ignorar: eu estava apaixonada, completamente apaixonada, e disposta a conquistar um homem que eu mal conhecia.

Mas não é mesmo o desconhecido que provoca em nós a paixão?

*

— João é completamente diferente de mim.

— Cada um tem seu jeito — retruca Anita.

— Eu nunca consegui chegar na hora na SLC.

— Vai ver para você horário não é importante.

Rápido silêncio.

"Olhei o quadro na parede branca, de repente, me lembrei da escola às 7:30; meu pai cantando no chuveiro, o café que íamos tomando, queimando a língua, 'o tempo é inexorável' — dizia o homem de terno e gravata, sempre com a barba feita, os cabelos molhados, um ar *soignée*, que mamãe gostava de destacar, 'horário é feito para ser cumprido, por um segundo perde-se a audiência, advogado que não cumpre prazo não presta'."

— Talvez a sua falta de pontualidade seja uma manifestação da sua raiva, um protesto contra aquilo tudo.

Silêncio novamente, dessa vez mais soturno (é o peso do passado!).

"O fato é que lá íamos nós, desembarcando na escola às 7:28, tempo exato para chegar à sala, jogar a pasta de couro sobre a carteira de madeira, tirar o estojo, falar um rápido 'oi' com a amiga ao lado e nos levantar para receber a professora — sim, fazíamos isso."

— Quando você conseguir organizar o que está desorganizado, talvez você consiga cumprir os horários.

— Eu não consigo!

— Hoje você não consegue.

— Não sei como João consegue...

Era tão simples! João acordava às 6:34, tinha portanto duas horas e 26 minutos para sair do Leblon e chegar à Penha, tempo que ele usava só para ele — nenhum filho, nenhuma compra a providenciar, nenhuma recomendação a dar, nenhuma ligação telefônica a fazer (talvez também nenhuma lembrança a perturbar). Era preciso apenas saber distribuir com precisão as duas horas e 26 minutos, o que ele fazia com maestria, dividindo as unidades de tempo nos procedimentos que incluíam: um, tomar banho; dois, fazer a barba; três, passar o perfume; quatro, se enxugar bem; *five,* escolher a roupa conforme a temperatura do dia (lembrando que a escolha era feita entre 6 óculos, 12 pares de sapatos, 12 ternos, 24 camisas, 10 camisetas brancas e 10 camisetas coloridas, à disposição no Rio). "Só isso, o resto deixei em São Paulo que o closet do apart é uma droga", explicou ele a Teresa, sobre o que ela foi obrigada a dar risadas, "imagine se não fosse, imagine se não fosse...". E, depois da roupa escolhida, se vestir, dar uma rápida olhada no espelho (não tão rápida assim), uma rápida ajeitada no cabelo — não tão rápida assim também, já que nada que envolvesse a aparência era rápido, afinal, João era um *fashion oriented* e ser um *fashion oriented* não é tão simples como parece — exige, além de dinheiro (muito, aliás), tempo — muito, também. Enfim, feita a primeira série de rotinas ("um Manual de Normas e Procedimentos, toda empresa que se preze deve ter, mesmo que seja para nunca ler", dizia o executivo), o restante das duas horas e 24 minutos era gasto na ida à banca de jornais onde ele comprava dois jornais de São Paulo e dois do Rio, "que é para não ficar burro", e na ida à padaria, "que, embora não chegue aos pés das padarias de São Paulo, dá para tomar um café razoável e ler os jornais sossegado". Ler os jornais, entenda bem, não significa folhear os jornais, ler apenas as manchetes ou ver as fotos; para João, ler os jornais significa até e inclusive ler o caderno de classificados: "Você não acha fundamental saber quanto custa um barco, um açougue, um navio?". João achava, talvez porque dessa "significativa leitura" recolhesse as notícias que rechearíam suas conversas com outros executivos, que lhe dariam a base para as piadas tão essenciais no mundo dos negócios, o seu repertório do dia (atenção, querida: ainda não escolheu outra palavra para repertório? Consulte os sites up to date, o acesso é gratuito!), notícias que lhe serviriam também como fundamento para as estratégias e negociações. *Business, darling, business.* Bem informado, satisfeito e sossegado (sossegado era, para o diretor, o adjetivo mais importante da vida —

se ele estava "sossegado", estava feliz; e ele estava "sossegado" quando via televisão em casa no seu espaçoso e confortável *home theatre*; "sossegado" quando ia ao cinema sozinho — de preferência pré-estréia do filme mais violento da semana que ele fazia questão de rever umas três ou quatro vezes e depois dizer que não tinha achado tão violento assim; "sossegado" quando fazia o trabalho sem ninguém perturbar; "sossegado" quando almoçava sem nenhuma mulher o fazendo de ouvido de mercador (bem, isso era o que ele dizia...); "sossegado" quando chegava à SLC às nove em ponto para começar o dia de trabalho, sempre "cheio de pepinos a resolver", como cabe a um alto (aqui, em sentido denotativo e conotativo) executivo. Já Teresa, ao contrário, nunca estava "sossegada", talvez porque nunca estivesse em dia com a vida, talvez porque a vida nunca estivesse em dia com ela. (Que "belo" jogo de palavras, querida! Em uma revista feminina, certamente estaria em negrito...)

— São os doces; você fica procurando os doces, achando que eles são muito mais doces do que de fato são — Anita, usando a linguagem metafórica preferida dos psicanalistas.

— Para quem tem filho, sair de casa para trabalhar é a maior dificuldade, é a hora que você tem que resolver o mundo, a comida, quem busca quem, o presente, o dinheiro para feira, é tudo — Teresa, na linguagem do dia-a-dia a Henrique, que não perdia a piada quando ela chegava atrasada à SLC — e ela sempre chegava atrasada à SLC.

— Boa noite, companheira. Caiu da cama cedo hoje, o que aconteceu? — debochava o diretor financeiro.

— Bom dia, Henrique, está bonito, hein? — respondia Teresa imediatamente. — Camisa nova, rosinha, gostei. Algum evento especial? — ela sabia o quanto um elogio era capaz de render em Henrique, ainda mais dito assim, em alto e bom som.

— Você, querida, você é meu evento. Almoça comigo hoje?

— Só se for convidada de honra.

— Está querendo dizer o quê? Eu pago, é isso? Mas, depois do almoço, a gente acerta a conta naquele hotel da Brasil, combinado?

Lá do outro lado, o diretor-geral ria. Cariocas não gostam mesmo de sinal fechado.

*

Henrique devia ter uns cinqüenta anos, já tinha trabalhado em grandes financeiras e ninguém entendia muito bem o que ele fazia na SLC, uma empresa de médio porte, que não exigia um *controller* tão poderoso, mesmo porque quem decidia o que fazer com a grana era mesmo Pedro Paulo. Bem casado, Henrique tinha quatro filhos e um histórico normal. Primeiro e segundo grau num colégio tradicional do Rio de Janeiro. Primeira comunhão com 7 ou 8 anos. Crisma com 12. Primeira relação sexual com 17, num prostíbulo qualquer, provavelmente no da rua Alice. Formatura em Administração com direito a orador da turma. Casamento aos 24, com a segunda namorada (de verdade a primeira; que a outra foi a Marineide, uma prima que ele tinha tentado namorar, mas de fato, tudo não passou de um beijo, mal dado e apressado, num baile de formatura). Pai aos 26, novamente pai aos 28, de novo aos 30 e ("pela última vez, dê o que der, homem ou mulher, c'est fini") aos 32. Fim das relações sexuais semanais com a mulher, ou melhor, a esposa, 16 anos depois, aos 48. De lá para cá, Henrique vive a olhar o corpo das meninas, examinando e escolhendo o prato do dia, que, no entanto, nunca será consumido. A hora do almoço era o grande momento, a hora de poder se aproximar das sugestões do dia: "Cada gostosa, você precisa ver; disso, a gente não pode se queixar", falava ele a João, "essa é a empresa das gostosas. Tem cada peitão... ou você prefere peitinho? Tem o que você quiser. Rabo para tudo que é gosto."

João ria, Teresa também, embora ficasse com medo de João achar isso também, e ela, que não se achava gostosa nem tinha peitões, como ficaria?

*

João observava Teresa. Saia, perna bonita, bem de azul. Teresa observava João. Calça *jeans*, camiseta preta, nariz grande e reto. João observava Teresa. Ela fala ao telefone, escreve, dá conta de tudo. Teresa observava João. Ele fala no celular tão baixo que não dá para escutar nada. Com quem será que ele fala? Ela é inteligente, saca tudo e não está nem aí para babaquices. Ele é descolado, mas nada imbecil. Morde a boca quando fala. Ela rasga beiradinhas de papel e fica enrolando na mão (esse detalhe, querida, precisava de tanto?). Ele pega as tampas das canetas e fica mastigando como chiclete (ai, que nojo!). A voz dela treme quando ela está nervosa. Ele sua quando Pedro Paulo o pressiona. "Essa mulher é quente." "Esse homem é um tesão." E, embora houvesse muitas mulheres e muitos homens na SLC, a quadrilha de lá não tocava como a de Drummond. Na SLC, Teresa seguia João que seguia Teresa que seguia João que seguia Teresa, que seguia.

*

Presa e caçador se alternavam. Quando ela falava alguma coisa engraçada ao telefone, ele ria, dando sinal de que lá de longe estava atento. Quando ela ficava nervosa, ele saía do seu lugar e vinha à sua mesa rapidamente, já com a solução para o problema. O que ele pedia, ela fazia, sempre caprichando ("nota nove nunca me interessou; uma vez chorei no banheiro de vergonha por um seis em geografia"). Almoçavam juntos quase todos os dias, e a conversa, que obviamente girava sobre negócios ou fatos da mídia, era divertida e alegre. Às sete da noite, ela acompanhava o ritual de fim de expediente e a última ida dele ao banheiro, passadas largas, o jeito de ele andar que ela já conhecia, a sua mão ainda molhada quando voltava do banheiro, e ele, então, perguntava o que ela ainda estava fazendo ali, àquela hora, e ela estava, estava, até quando ele perguntava, aí ela ia deixando tudo por fazer, tudo, só para poder acompanhar o homem grande, de preto. "Quem sabe? Quem sabe hoje?" Desciam a escada juntos, um homem e uma mulher chiques (atenção, querida! Chics, como nos ensina Glorinha; chique com qu é feio, trop brasileiro), seguiam pela rua pobre de um bairro pobre do subúrbio do Rio, cheio de casebres caindo aos pedaços, de crianças sujas e nuas brincando na calçada, de cachorros vira-latas, um ou outro bêbado, um gato magro miando, uma bandeira do Vasco pendurada no poste de lâmpada apagada, alguns pares de tênis jogados sobre os fios de eletricidade. Uma locação absolutamente seca e, no entanto, para aquele homem, ou pelo menos para aquela mulher, uma locação excitante. Era a hora em que ela podia ficar só com ele, sentir a sua respiração, ouvir os seus passos, respirar o seu perfume. Rápidos e intensos momentos (oh, intensidade! Por que as mulheres embarcam tão rapidamente na intensidade? Não percebem que é aí que elas entram pelo cano?), momentos que acabavam com cada um entrando no seu carro e partindo (óbvio, ia acabar como, querida?)

— Até amanhã. Boa noite.

— Para você também.

— Tchau.

Até que um dia, "sim, Anita, um dia, as coisas mudam", "quem não acredita em mudança é você", *nam myoho rengue kyo*, tudo vai dar certo, um dia as coisas mudam, e João também muda, "há de ter temperança", diz a carta do baralho — já no estacionamento, Teresa, dentro do carro, pronta para partir, quando no instante final (fale agora ou cale-se para sempre; alguém alguma vez terá falado?), João falou. Não, não disse: "Vamos jantar?". Preferiu algo do tipo: "Quer comer alguma coisa?". Talvez isso comprometesse menos, comer alguma coisa, era algo indefinido, como ele.

"Sim, pode ser", respondeu Teresa — embora de fato o que ela queria ter dito era: "Vamos. Eu quero. Comer com você e ser comida por você." (Mas isso, óbvio, ela não disse, não fomos preparadas para dizer o que pensamos.)

*

E foi assim que Teresa e João começaram a prolongar o expediente do trabalho, num *happy hour* dissimulado e constante. Ela fazia das tripas coração para poder estar com ele. Não aparecia em casa, mentia para as meninas, pedia a Rosa que cuidasse de Lucas, inventava desculpas para não ir à casa da mãe, deixava de fazer trabalhos urgentes, deixava de escrever — o que naturalmente nunca era urgente. Qualquer coisa era menos importante do que estar com João. Mesmo que fosse para coisas sem importância; na verdade ela não estava interessada nas coisas, ela estava interessada nele. "Danem-se as palavras, eu quero a boca" (isso é poesia, querida? Se sim, me desculpe, mas é primitiva!). Podia ser que, no meio daquelas coisas, ele falasse algo sobre a vida, sobre o amor, sobre ela e sobre eles. (Oh!) Mas João só falava da empresa, do que via lá de errado (quase tudo), do que pretendia fazer, das suas experiências profissionais. "Onde será que esse cara aprendeu tudo isso? Como ele sabe tudo isso, como pode? Mais novo do que eu, e já com essa experiência, esse salário; eu realmente ficava de queixo caído." Já o queixo de João caía quando ouvia Teresa falar da vida com tanta naturalidade, do casamento, dos filhos (*en passant*, pois ela sabia que ele preferia *dogs* a *children*). Depois de muito tempo, era como se o tempo não passasse, também ele não usava relógio, e ela, nessas horas, menos ainda queria saber de horas, João pedia a conta, e ela observava o ritual, sempre o mesmo — pedir a conta, pagar a conta, o cheque, a caneta Montblanc.

(Os rituais — os rituais na casa da avó, a toalha bordada de crochê, "olha que barra bonita essa tem", e ela não conseguia ver; uma ou duas garrafinhas de refrigerantes, "as filhas da Nair não gostam de água", a sopa de legumes quente, os cochichos sobre os veados e os caranguejos, "eles vão ver só que coça vão levar esse ano", ria a grande matriarca, embora baixinha e atarracada, pensando nas eleições. Os rituais da pequena cidade mineira, o Cristo lá no alto, uma cidade querendo ser a outra, como as pessoas —

o sotaque mineiro do "esse" virando o "xis" carioca, o sotaque chique — *chic*, aliás — do Brasil, com *s* ou com *z*? — sua gente até confunde).

— Vamos embora?

— Você é quem sabe.

— Você não está cansada?

— Não, mas tudo bem, podemos ir.

Nada mais havendo a declarar, Teresa e João se levantavam. "De barriga vazia, sem um beijo sequer", chiava Teresa.

(Ah, mulheres, sempre insatisfeitas... e o cheesecake de amoras e romãs, querida? Querias ainda mais calorias?)

*

Na SLC, o dia estava movimentado. Zeca, o estilista, estava en-lou-que-ci-do. Era amanhã o desfile no *shopping* e o *stylist* ficava para lá de animado. Dava ordens (e desordens) para tudo que é lado, fazia a empresa inteira parar para atender a seus caprichos. Um desfile para ele era um momento supremo, um momento divino. Nada era mais importante do que um desfile, mesmo que numa passarela de *shopping* vagabunda, num evento a que a empresa aderia apenas para manter relações (cordiais, sempre necessárias) com os donos do *shopping*. Mas Zeca não queria nem saber. Um desfile proporcionava a ele momentos de verdadeiro êxtase. Primeiro, a escolha dos modelos. Ele convocava todas as agências e todos os modelos, "aquele da gotinha, o quê, você nunca viu a propaganda da Pepsi?; o da propaganda do chiclete, o menino que está fazendo o maior sucesso, aparece em tudo que é desfile lá fora; a menina do programa de esporte, aquela de olhão azul, você vai ver, essa menina vai estourar, essa semana ela já vai ser capa da Trip"... Ah, os modelos. A seleção era marcada na loja, para criar um ambiente assim, "uma coisa nova-iorquina, sabe como é"? Afinal, numa das suas viagens para "ver tendências", Zeca tinha visto no Soho uma seleção numa DKNY, a loja empilhada de gente bonita, aquelas louras, lindas, "mulheres maravilhosas, altérrimas" (apesar de *gay*, como bom brasileiro, Zeca não escapava do fascínio por uma bela loura, alta e anoréxica), imagem que tinha povoado seus sonhos por todo esse tempo — desejo de ser aquele homem, sentado naquela mesa, olhando as *tops* das *tops*, com seu charuto cubano e seu sapato Dior. Então, apesar de não estarmos no Soho, mas na Tijuca; apesar de nossa loja não ser DKNY mas SLC (explica-se: iniciais do avô de Pedro Paulo, um português que fez carreira *solo* e bem-sucedida no Brasil — como comerciante, claro); apesar de o desfile não ser internacional, mas numa passarela de um *shopping* de um bairro da periferia do Rio de Janeiro; apesar de não sermos primeiro mundo e de a empresa não estar ganhando rios de dinheiro — muito pelo contrário, os balanços sempre no vermelho ("mas números, que importam? A gente inventa, troca, e acaba chegando ao resultado desejado")... apesar de tudo isso, Zeca preferia extrapolar. E apresentava razões de sobra para isso: "Um desfile é tudo! Você vai ver o que eu vou fazer... Vai ser o mais bonito, o mais legal de todos", dizia ele "empolgadérrimo" a Teresa, que o olhava com desdém, exatamente no pique inverso ao do *stylist*, como Zeca gostava de ser apresentado.

— Marca a seleção às cinco, na hora do bochincho, hein Teresa, convoca todo mundo, convoca o fotógrafo também, as modelos gostam. Providencia umas coisas para a gente lambiscar, e champanhe — francesa, claro! Cuidado com os copos! Vê se não me aparece com coisa de segunda. Avisa ao pessoal para arrumar a loja, dar uma guaribada, eu quero tudo perfeito. Vai ser chocante essa seleção na loja! Uau! — gritava ele eufórico pelos corredores, quase tendo um orgasmo.

Na hora da seleção, Zeca aparecia, propositalmente atrasado para que desse tempo de todas as "beldades" chegarem primeiro e esperarem por ele na loja — "o astro deve ser o último a chegar, sabia?" Vestido à *stylist* europeu, em geral, uma calça bem larga, uma blusinha Armani, claro (uma vez Armani, sempre Armani!), grudada ao corpo e com um sapato o mais exótico possível, dando o tom *casual chic* (agora sim!) final à produção, ele chegava, conferindo as bancadas, dando alguns chiliques, mandando e desmandando, como um poderoso chefão. Para Teresa, do outro lado da avenida, ele mais parecia um carnavalesco, algum presidente de escola de samba, puxador de samba-enredo, mas, enfim, os modelos acreditavam... E a diretora de *marketing* era obrigada a reconhecer: ninguém cumpria aquela tarefa tão bem quanto Zeca — nascido para escolher modelos, ele via o *portfolio* de cada um deles com um cuidado incrível, folha a folha, fazendo um verdadeiro interrogatório.

— Aqui foi onde? Ah é, eu vi na Vogue italiana, o desfile, os homens todos de rabo-de-cavalo, foi bár-ba-ro!

E, embora o produto da SLC fosse sapato, o *stylist* considerava fundamental ver os modelos praticamente nus, "porque, entende, você tem que ver como o cara anda, se tem porte, se sabe vestir um sapato..." E assim, na pequena cabine da loja, Zeca examinava o corpo das meninas (rapidamente) e o corpo dos meninos (demoradamente). A seleção durava horas, e naturalmente, terminava com muito *prosecco*, grandes amizades e festas já marcadas e prometidas.

Teresa, por outro lado, acabava o dia exausta. Preferia escrever um manual, de cem páginas que fosse, a participar de um evento com Zeca no comando. Talvez pela sua timidez, "falta mesmo de traquejo, minha filha, não sei a quem você puxou, ter boas relações hoje em dia é fundamental, você não sabe a importância das boas amizades"; talvez porque achasse tudo aquilo uma chatice — a moda, os modelos, os *portfolios*, os cabelinhos jogados na testa, os mesmos topetes, as louras, as mães das louras, os mesmos desfiles, as mesmas poses, as mesmas palavras; ou então porque, nessas ocasiões, sentisse mais fortemente a frustração de não fazer o que queria, a sensação de estar no lugar errado — "até quando?", ou talvez, ainda, porque lá no fundo morresse de inveja das louras de corpo esquálido, dos cabelos bem tratados, dos namorados ricos, das capas de revista, da vida de *glamour*, do rosto perfeito.

("Teresa, você não acha a Cíntia linda? Ela tem um charme especial, não sei o que é, se é o sorriso, os olhos, o formato do rosto, você não acha sua irmã linda?")

(Mulheres, sempre ciumentas...)

Escolhidos os modelos, os sapatos que cada um usaria, Zeca passava para a seleção dos acessórios. Trazia de casa todos os seus relógios (quantos seriam?), seus cintos — até seu perfume, "porque, entende, até o perfume passa na passarela, é tudo o clima, você percebe?".

Na hora do desfile, tudo cuidadosamente preparado, Zeca sorvia a festa, sim, sorvia. Com o namorado ao lado, disfarçado como se fosse um amiguinho de escola, um vizinho, um colega da profissão que apareceu casualmente ali, "olha que coincidência", ele se sentava na primeira fila, completamente excitado. Então, o *stylist* de dois passaportes repletos, que tinha informação de moda como ninguém no Brasil e no mundo — dizia um orgulhoso Pedro Paulo, "o dono da cria"; que sabia o que é *in* e o que é *out*; que lia todas as colunas sociais; que falava um inglês perfeito; no dia do desfile, o *stylist* revelava, dos pés à cabeça, a sua origem. E a sua origem não era Nova York, nem Roma, nem Paris. Era Petrolina, Pernambuco, que Teresa via nos olhos de Zeca. "Olhos de sertão e de caruaru", diria Machado sobre Capitu.

(Que humor, querida, aliás, que falta de humor! Por que não pensar pelo menos em Milão? Se você tivesse um pouco mais de fair play, com certeza, pintaria a boca com um batom bem vermelho, levantaria esses olhos com um rímel Lancôme, colocaria um saltão, um belo decote, e se esbaldaria na noite; afinal, ao seu lado está João, e se você fosse um pouco mais relaxada e tivesse menos medinho, poderia desfrutar, em pleno horário de trabalho, o homem que você deseja, encostando sem querer sua perna na dele... Mas o que fazer se você prefere ser off Broadway?)

— Quem escolhe o papel de Gata Borralheira é você — Anita, na linguagem dos contos de fada também preferida dos psicanalistas.

— Vai ter, afinal, coquetel, Zeca? — pergunta Teresa ao chefe num dos intervalos.

— Coquetel, não, querida, coquiteio... — responde o *stylist*. — E vê se arranja, por favor, dois cafezes para mim...

— Sim, *sir*, dois "cafezes"...

*

Desde que me separei de Fernando, nunca mais conversei com ele. Acabamos nosso casamento de 14 anos brigados. Não quero mais saber dele nem da minha vida com ele. Como pude ser tão apaixonada por um homem tão comum? O que será que ele tinha que me fez assim? Num esforço, ainda me lembro do seu corpo e posso me lembrar até do sexo que fazíamos — e era bom, sim, até que era bom. Mas é como se fossem outras duas pessoas, não era eu, pelo menos eu não era. É difícil crer, mas hoje vejo que de fato é possível amar várias pessoas pela vida. Mente quem fala que a gente só tem um amor. Não tem não. Como pude deixar tanto da minha energia ser consumida por um homem? Hoje, tudo é passado, e o passado ficou longe. Não tão longe assim... é verdade. Volta e meia, o passado me volta, com todos os seus cheiros e sabores. "A memória vem dos sentidos", me diz meu irmão. O passado é logo ali. Ou aqui. Talvez um dia voltemos a ele, quando? — quem há de saber? Talvez eu reencontre Fernando no tempo da delicadeza — se chegarmos até ele; e aí talvez eu chore sobre o seu ombro ou ele chore sobre o meu. Estranho falar com alguém e deixar de falar, estranho deixar de dormir com a pessoa, estranho não ouvir mais sua voz, estranho deixar tantos sonhos à margem. Amar e deixar de amar. Conviver e deixar de conviver. O melhor é mesmo pensar que o que foi já não é mais e ponto final. Não adianta perder tempo com bobagens.

Como diz Maíra, "a fila anda".

*

Cada dia Teresa ficava mais interessada naquele homem que tinha sempre o ponto de vista mais sensato e mais razoável de todos, mas que, de repente, sem nada nem por quê, soltava uma piada absolutamente esdrúxula. Era essa mistura de coisas, um dia "careta", outro dia "porra-louca", o *mix*, como os antenados gostam de dizer, era esse *mix* que fascinava Teresa, ela, uma pessoa tão linear. Nas reuniões de diretoria, nas quais cada um buscava falar mais alto que o outro, quando chegava a vez de João, ele quase sussurrava. Claro que o tom de voz era uma estratégia — nele, tudo era pragmaticamente pensado e decidido. Ele fingia que não tinha pensado (ainda), não tinha resolvido (ainda), mas tudo (já) estava decidido. E assim o homem acabava convencendo os outros a pensar como ele, e mais, a fazer as coisas do jeito exato como ele programara (talvez ele tenha lido na Forbes que o tom de voz deve ser inversamente proporcional ao cargo hierárquico que o profissional ocupa na instituição — ou será que ele leu essa informação "tão preciosa" no New York Times?). Nas reuniões mais sérias, quando o clima começava a ficar tenso, João virava-se para Teresa e, baixinho, como se fosse fazer um comentário de extrema importância, soltava a do dia: "Será que a Fátima lavou o cabelo com shampoo de laranja?"

— Não sei, por quê?

— Está um bagaço, olha.

Teresa ria. Pouco a pouco, os dois foram formando uma duplinha. Pensavam da mesma forma (assim achava Teresa, já encantada — "seu pai também era alto, Teresa?") e, no meio da *gayzice* reinante, e incluem-se aí todos os héteros afetados pela moda da moda, que só pensam nas ilhas gregas, nas bolsas Louis Vuitton e nas pólos de cavalinho, João e Teresa eram os intelectuais. Afinal, ela sabia português, sabia escrever como ninguém e sabia falar em público; João tinha MBA em Harvard, tinha morado em Londres e três passaportes carimbados. Os títulos valiosos lhe davam uma bela soma de pontos: morar fora, 15 pontos; saber inglês, 30 pontos; ter sobrenome famoso, mais ou menos 40; carro importado, 20; ser paulista, 15; usar tênis vermelho, 8; usar jeans Diesel, 48, e assim vai... Já Teresa não gozava do mesmo prestígio. Num *brainstorm*, ganhou o título de "normal", o que definitivamente a colocou do lado oposto ao dos *fashionistas* da empresa, naturalmente os de maior salário. Tudo porque Pedro Paulo lhe perguntou o que ela faria se ganhasse uma bela grana. "Pagaria minhas dívidas" — respondeu rapidamente. Resposta desprovida de charme, coisa extremamente normal, pobre, somos obrigados a admitir. Teresa teve uma segunda chance. "Compraria roupas." Aí, então, foi para o fundo do poço, perdeu pontos e mais pontos, infinitos pontos. Ela deveria, sem dúvida alguma, ter respondido que compraria Macintoshs coloridos... "Eu sou de fato uma pessoa absolutamente normal: meu carro é normal, minha pronúncia, normal (péssima, convenhamos, portanto, normal), eu levo uma vida normal (três quartos, suíte e dependências completas), minha cara é normal — jamais algum descobridor de talentos se interessaria por ela, minha altura, normalíssima e meu corpo também normal (com aquela barriguinha normal, óbvio, mas breve vou tomar coragem e fazer uma lipo, o que também, convenhamos, é tão normal quanto tomar um chicabon na praia)."

Com um perfil tão normal, o mundo não consideraria surpresa que Teresa se apaixonasse por um "anormal", e que o "anormal" viesse também a se interessar por aquela que — ele já tinha percebido — era "normalíssima" por fora mas não tão normal assim por dentro ("no varejo, uma escritora? Deve ter algo de louco aí", bem disse Dudão quando João falou sobre a bunda de Teresa). Afinal, uma das regras mais indiscutíveis no mundo (tanto dos "normais" quanto dos "anormais") é aquela que diz que os opostos se atraem.

— Você já provou tira-gosto de pirarucu? — perguntou João a Teresa num almoço que reunia diretores e investidores.

Não, mesmo sendo uma craque em técnicas de apresentação pessoal, Teresa não estava entendendo quem era esse cara. O horóscopo chinês indicava que ele era tigre. O mapa astral informava que era gêmeos com ascendência em aquário. Pronto, agora ela já tinha pelo menos dois dados concretos sobre o homem por quem já estava há tempos — ou melhor, desde o primeiro dia em que o viu (como afirmou a "sábia" Maíra) — apaixonada.

Eram dados importantíssimos, se Teresa entendesse um mínimo de astrologia.

Mas, como diria João, "ela não entendia picas".

*

E dizer que você não imaginava o que ia acontecer, essa é boa! Escolho cuidadosamente a calcinha: preta, claro. Calcinha preta, como a música que ouvimos na primeira vez que saímos, pura coincidência. Almoço, churrascaria, Penha, um calor infernal — nenhum dos dois ligou para isso, só a Calcinha Preta chamava alguma atenção, por mais *kitsch* que fosse. Mas agora é noite, é noite de lua cheia. Escolho o sutiã.

("Sim, a gente fala busto, seio ou peito, mãe?" "Seio, sempre; busto, às vezes, peito nunca". Hoje vejo que a verdade é o inverso, é tudo do lado contrário, é teta.)

Fico com o sutiã preto, que parece fazer conjunto com a calcinha preta, mas não é. A calcinha fui eu mesma quem comprou, naquela noite em que saí com o Armando, que não deu em nada, só para renovar o guarda-roupa íntimo, diria a Fafá; o sutiã, ganhei da Lia no meu último aniversário, já foi um presente para que eu me motivasse a voltar "ao mercado" (e, diga-se de passagem, "O Retorno" demorou). Agora sim, calcinha e sutiã pretos. Olho meu corpo, frente e costas. Passo o perfume por trás da orelha e entre o peito, já sabendo que é ali mesmo que talvez você enfie sua cara, passe sua língua, me cheire com seu nariz grande. Espalho o perfume por trás da nuca, espalho-o levemente pela barriga, como se não tivesse passado perfume algum, mas passo, e limpo as orelhas, que podem vir a ser tocadas pela ponta da sua língua ou, se você for mais audacioso, pela ponta do seu pau, cotonete numa, cotonete na outra, faço a faxina e me vistorio para o homem. Escolho a melhor roupa — uma saia, propositadamente, para que você fique tentado a tocar em minhas pernas. Escolho a sandália mais alta (atenção, querida: não esqueça de passar o hidratante, não há nada mais feio que um calcanhar ruço), a melhor bolsa e, pronta, fico à espreita da buzina ou do chamado do celular. À espreita do homem.

Como uma puta, aguardo.

*

— Pode deixar, eu me controlo. Fica tranqüila.

Era quente o esperma de João sobre a barriga de Teresa. Enfim, eles estavam ali, entregues um ao outro. "Ele não deve transar há muito tempo — só um homem com abstinência sexual teria tanta vontade de transar assim." "Eu sabia que essa mulher era quente."

João agarra Teresa já na garagem do motel; nem bem fechou o portão, ele a arrasta para a parede ao lado da janela do passageiro, e ali, enfia suas mãos sob a sua saia e começa a alisar suas coxas, sua barriga, seu peito, seu sexo. João morde a cabeça de Teresa; enlouquecido, ele a cheira por todos os lados, funga, como um cavalo quando a porta da cocheira se abre (querida, pelo amor de Deus! O mundo sertanejo jamais será fashion, façam eles o que quiserem, serão sempre uns caipiras!). Teresa também está completamente louca, os sentidos a confundem, enfim, ela está sendo comida pelo homem que tanto deseja — mesmo sem entender muito por quê (mas até nessa hora é preciso entender?). Teresa está fascinada, cheia de tesão, tesão e medo — "me assusta o diretor tão controlado, que fala baixinho, estar assim louco, desvairado, como um adolescente, um tarado, me agarrando e me amando assim, com tanta fúria e tanta vontade" (ora, Teresa, eles fazem sexo, querida, como os cavalos!). Teresa tem medo de onde o homem vai querer chegar, onde (sim, onde, advérbio de lugar). E, antes que ele a bloqueie (traduzindo: a vire de costas, a agarre e a coma, assim mesmo, como gostam de fazer os machos e os não tão machos também), Teresa se desvencilha, foge e vai para a cama. "Tudo vai dar certo, tudo vai dar certo", pensa ela. João trepa em Teresa, a beija e a esfrega, pega e puxa seus cabelos, morde suas orelhas, a vira de costas (sim, eles gostam...), joga seu corpo sobre o dela e a come. Teresa sente uma leve dor, seu corpo é frágil, cada vez é como se fosse a primeira, mas continua, beija, morde, chupa, geme, está quase estraçalhada, o corpo contrai, ela tenta manter a consciência e, talvez já tarde demais, pede a ele que use camisinha.

— Pode deixar, eu me controlo. Fica tranqüila.

São essas as únicas palavras que João diz. Teresa diz algumas outras, nada de importante — palavras pouco importam na cama.

Completamente descontrolados, absolutamente secos de amor, estupidamente apaixonados (feito cervejas? Cuidado com o lugar-comum, escritora!), eles gozam. Duas da manhã de uma quinta-feira do mês de setembro. O amor (amor?) entre o diretor-geral e a diretora de *marketing* da SLC explode (UAU!) num motel da avenida Niemeyer, Rio de Janeiro (que original!). É primavera (se lembra do Tim Maia? — era boa aquela música, não? "É primavera, querida...").

No dia seguinte à primeira vez, Teresa chega ao escritório um pouco depois de João. Ela está desconcertada, embora não tenha razão alguma por que temer. Não era casada, não era virgem, não deixara rastro de sangue no lençol de linho da casa da amiga, não tinha nada a perder. Mas, talvez com algum resíduo de Monica Lewinsky (ainda?), Teresa entra no salão de cabeça baixa (ah, as mulheres... não sabem aproveitar nem uma trepada, é de foder!). Segue direto para sua mesa, checa os papéis que Rita lhe preparou. Sem prestar atenção a nenhum deles, busca ler nas entrelinhas algo diferente que as imagens da véspera. Finge fazer alguma anotação, pega a caneta e escreve.

(Ando pela praia. Um homem passa de bicicleta; ele é bonito e eu olho para ele. Acho que ele vai embora, mas ele volta. Passa por mim novamente, me olha. Eu rapidamente o desejo. Mas imagino que ele vá embora. Ele me contraria, volta mais uma vez, me circula com a sua bicicleta de aro fino metálico. Eu pego o caminho de casa, fujo sem ao menos olhar para trás.)

"Por que você não faz o que quer?", pergunta Anita quando Teresa lhe conta que recusou o convite para almoçar do diretor de *marketing* da Áurea, a mais importante agência de propaganda do país.

— Obrigada, mas eu estou cheia de trabalho, não posso.

— Mas nem um sanduíche?

— Obrigada, outro dia.

— (Quando?)

Ela pega o carro e pela Avenida Brasil sente raiva. Mais uma vez, o "medinho" lhe bateu a porta na cara.

— De que você tem tanto medo, Teresa? O que você acha que pode acontecer se você for?

"Faça certo e certo da primeira vez", diz o Manual de Atendimento, página 5. *Do the right thing,* pensa Teresa, só que em português mesmo.

— Teresa — a voz a joga novamente na *holding*. *Holding*, é assim que eles querem ser chamados. "Somos uma holding", diz orgulhosamente Pedro Paulo, uma *holding* de moda, embora não tenhamos filial alguma, estejamos numa rua da Penha, num prédio de quinta, entre favelas e casebres, no fogo cruzado dos bandidos; somos uma *holding*, uma *holding* favelada de moda. Favela *chic*.

— Teresa — a voz bem poderia ser a de Flávio, de Henrique, até mesmo a de Pedro Paulo. Mas o sotaque não deixa nenhuma dúvida (sotaques são como uma tatuagem, praga que não se apaga). É João. Logo João.

— Senta — João faz um leve toque com a cabeça, economizando sempre as palavras, talvez "senta" seja para ele uma palavra extensa demais, dissílaba.

— Sim — Teresa responde em voz baixa. "Imaginava que ele fosse comentar alguma coisa da noite. Foi bom ontem. Foi legal ontem. Você chegou bem em casa? Você gostou? Vamos sair hoje?"

— Eu queria que você preparasse esse organograma para mim.

— (Mais um? — ela tem vontade de falar. Puta que pariu! É para isso que servem os executivos? Para fazer organogramas?). (Silêncio.) Só isso?

— Só. E obrigado.

Teresa se levanta e, tentando não olhar para os lados, dirige-se à sua mesa, dá *enter* no computador e tecla o que não precisa teclar.

*

O homem transa com você e não diz se gostou, não diz se você foi boa de cama, não diz se achou sua vagina gostosa, não comenta o seu perfume, não fala sobre o seu corpo, não diz se foi a melhor ou a pior trepada da vida dele. Aquele homem que está ali sentado me comeu feito uma besta, ele me comeu como quis e eu deixei, e ainda, ao fim de tudo, disse "obrigada". Obrigada por quê? Que favor esse homem me fez? Favor de ter me comido, favor de ter me fodido, favor de ter pago a conta do motel? Eu dei para o homem, fui eu que dei, você entende, eu não ganhei, eu mesma dei, dei a festa, dei os salgados e dei os doces, e, no final, ainda disse obrigada. Só faltou dizer em inglês: *thank you, baby.*

— Você também aproveitou, Teresa, você também fez o que quis.

— Sim, Anita, mas ele não me agradeceu por isso. Eu, sim. Eu dei e agradeci.

No mínimo, uma burrice, fruto de uma educação machista, que coloca os homens como responsáveis por tudo de bom que possa nos acontecer. Por nos dar o pão e o vinho; por nos salvar dos perigos; por nos dar os filhos; por nos comer e não nos deixar histéricas. Obrigada, homem. *Muchas gracias.* Obrigada por me foder, *thank you very much. Fuck me!*

*

À noite, Teresa não resiste. O dia passou mudo. Aconteceu ou não aconteceu? Foi importante ou bobagem? João partiu às sete — como sempre, e dessa vez, pior: em silêncio. Teresa espera Rita partir, toma coragem (incrível! Precisa de coragem para isso, querida? É quase ridículo!) e telefona (mulheres não conseguem esperar, elas querem é falar...).

— Oi, tudo bem?
— Tudo. E você?
— (Quase não conseguiu prosseguir). Onde você está?
— Estou indo comprar umas panelas.
— Ah (panelas...!).
— Por quê?
— Por nada, quer dizer, deixa para lá. Tchau, um beijo.
— Tchau.

Teresa sente o vazio de falar sozinha — nem um beijo ele mandou. O homem podia estar com ela — óbvio que ela daria de novo, por frente e por trás — uma, duas, três ou quatro vezes, de graça, e ainda diria "obrigada", se preciso fosse. *Thank you, baby; I love you.* (mas já?)

*

Emoção e razão, há anos escuto esse velho e estúpido dilema. As mulheres são muito emotivas; os homens, racionais. O que fazer? — perguntam as infinitas revistas femininas. "O que fazer para conciliar da melhor forma a sua emoção à razão dele?" Penso se as diferenças podem ser conciliáveis, se tudo não passa de uma velha baboseira que vem agitando o mundo, fazendo as revistas, as novelas e tudo mais que versa sobre o amor sobreviver — é preciso falar alguma coisa, vamos lá, vamos brigar no vestiário para garantir as páginas dos cadernos de esporte. Afinal, o que seria a vida sem um jogo de futebol aos domingos? O que fariam os psicanalistas se, enquanto ela quisesse ir para a cama, falar baixinho e fazer amor, ele não quisesse ir ao supermercado — grande, um *bon marché*, comprar panelas e travesseiros? "Os homens são como elásticos; as mulheres, como ondas"; diz o livro de auto-ajuda. Deixe-os entrar na caverna, não os persiga, não os reprima, não os. Mulheres, acalmai-vos! Os homens são assim e vocês, que se danem. Aos vencedores, as panelas!

*

Estamos tendo um caso, nada mais. Então está combinado: é só sexo e amizade, é um caso. Quem falou em caso fui eu. Ele não. Ele não fala nada. Mas eu sei o que é. É caso. Fico enlouquecida toda vez que percebo que estou apenas tendo "um caso". É proibido namorar à luz do dia, é proibido namorar em público, é proibido namorar na empresa. Andemos pela rua como dois conhecidos, aliás, andemos pela rua como dois desconhecidos. Será que é o desprezo que me dá tesão? Ou será o escondido, o proibido? Como uma criança, brincando de esconde-esconde.

(O quarto escuro, eu agachadinha dentro do armário, outro debaixo da cama, um outro escondido sob as cobertas, a luz apagada, e a voz, então: "Posso ir?". E nós ali, com o coração na boca, esperando aquele que ia nos flagrar, nos pegar, a que horas, com que cara seríamos descobertos, o que fariam conosco? Como seria esse momento fatal, que tanto prazer nos dava? E, já mais tarde, o namoro escondido, eu fingia que ia para o cinema e ia para o *drive-in*, a batata frita, o primeiro orgasmo, ali mesmo, no carro, num filme que nem lembro mais qual era, o radinho tocando, acho que chovia, o barulho da chuva, e se não chovia o vidro embaçava assim mesmo, e nós não víamos nada, víamos só o outro, as mãos, a calcinha melada, a cueca arriada, a respiração ofegante, os gemidos baixos para ninguém ouvir, ai, ui, ai, e aquele tesão que me fazia ficar molhada, ai, como era gostoso tudo aquilo, ai, como era gostoso o meu francês.)

Escondida, proibida, a paixão parece que cresce, querendo se expor ao mundo todo, se exibir como louca, ser destaque na escola de samba. Não, paixão, você não pode aparecer. Fique quietinha, aí é o seu lugar — é isso que eu sinto ele me dizer a toda hora. Ele não me diz (assim como não me diz tantas outras coisas), mas eu ouço sua voz. E, quanto mais eu me ouço, afirmando que tudo deve ficar escondido, mais quero me vestir de verde e amarelo, me exibir em praça pública, sair nua na noite de Copacabana — ai que inveja tenho das mulheres de peito grande que saem às ruas, fingindo que estão saindo em troca de um cachê qualquer. Mentira, elas saem até de graça, querem é se exibir, pôr os peitões para fora, as pernas, a barriga perfeita, ver o mundo se voltar para elas. Mas eu não tenho peitão para exibir, não. Além disso, consta do guia de normas da empresa, "manter relações amorosas no ambiente de trabalho é motivo para advertência, suspensão ou até demissão por justa causa", palavras que eu mesma escrevera, e que agora se armavam contra mim. Devo ficar caladinha.

(Caladinha como na mesa de jantar com os convidados de mamãe e papai, aquela fileira de copos de cristal a nos intimidar; caladinha, diante dos mais velhos; caladinha, quando ouvíamos os gritos do pai, berrando contra qualquer coisa que fosse — um homem que estacionou o carro diante da garagem, um outro que chegou atrasado ao escritório, um telefonema por engano. Caladinha diante da madre superiora, dos padres e padrinhos, caladinha.)

Quanto menos falar, menos chances de errar. Em boca fechada não entra mosquito. Caladinha, quando o homem te xinga no meio da rua, só porque você entrou à esquerda sem dar seta. Caladinha, diante das mentiras, das grossuras, da violência, das trapaças, das traições. Das balas perdidas. Da corrupção. Do trocador (branco) do ônibus, que fala ao motorista (pardo) sobre um passageiro (negro), que reclama de o motorista não ter parado no ponto: "Só porque é preto fala essa merda, já viu, né, tinha que ser preto". E aí, você, anti-racista, politicamente correta, vai ficar caladinha ou responder, branquinha nobre? Aprendemos todos a ficar caladinhos, menosprezando que *par gentillesse, j'ai perdu ma vie.*

Mas, apesar de todo o esforço, uma voz dentro de mim às vezes teima em sair por aí. Sou uma garrafa jogada em alto-mar, subindo e descendo com as ondas, ao sabor do vento, dias e noites boiando. A noite é preta, o mar é frio, a garrafa acompanha as ondas; ah, se essa rolha estourar, ah, se essa garrafa explodir, eu não sei nem o que vai dar. Talvez pegue fogo no mar.

*

— Você vai? Estamos indo.

Era assim que João chamava Teresa para o almoço, despretensiosamente. Ele ia almoçar e, se ela quisesse, podia ir também: "Estão indo José, Henrique e Soninha, você vem?". Claro que ela ia. Largava o que estava fazendo para ter a chance de ficar um pouco mais perto do homem que ela já amava, ou achava que amava (mulheres, sempre amando rápido demais). Podia assim conhecer um pouco mais dele, observá-lo tirando o lenço do bolso e enxugando a testa, há quanto tempo ela não via um homem enxugando o suor da testa com um lenço. Há quanto tempo ela não via um lenço masculino.

(Os últimos, que talvez tenham sido também os primeiros e até agora os únicos, eram os lenços do pai, brancos, em cada um bordadas as iniciais do chefe da família, quase como uma logomarca, o monograma, como o sinal marcado no cavalo e nos bois da fazenda, o mesmo monograma, e eram muitos os lenços, dobrados todos da mesma maneira, empilhados no armário de madeira maciça, forte e indestrutível, como o pai parecia ser. E, quando ela pegava um lenço, escondido, claro — que nas coisas do pai, ninguém devia mexer, ele sabia exatamente onde ficava cada coisa: os lenços, a tesourinha, o cortador de unha, algumas moedas —, e apesar do medo de o pai descobrir, e talvez mesmo por causa de todo esse medo, sentia a delícia daquele pedaço de pano, tão branco, tão bem passado, tão cheiroso.)

— Talvez através do lenço você fizesse seu contato com seu pai — "grande" conclusão de Anita, que buscava entender por que Teresa falava tão pouco do pai —, talvez aí estivesse a origem de todos os males. Ponto para Freud.

*

No Quilo da Penha (precisa ser tão específica, darling?), a conversa era boba, nem tinha tanta conversa assim, era só "o que você vai querer beber e comer?". As vozes daquela gente toda, excitada com a hora em que é possível deixar tudo em cima da mesa (a mulher, os filhos, a empregada, as contas, os problemas) e se divertir, certamente, irritariam João se diante dele não estivesse Teresa e certamente também irritariam Teresa se diante dela não estivesse João. Ao lado de Teresa, sentava-se Henrique, o centro das atenções com seus casos engraçados. Naquela fábrica, ele era a havaiana no meio dos sapatos pretos amarrados e bem lustrados (querida: isto não é uma matéria sobre engraxates da Rio Branco! Se lhe falta inspiração, vá correndo às galerias e inspire-se na pop arte, no hip hop, em qualquer coisa que lhe soar estranha e sem sentido — quanto mais out, mais in!*)*. Henrique falava mal de todo mundo: "A Aninha é uma anta, coitada; a Taís tem uma bunda sem precedente, outro dia ficou agarrada na porta, vocês precisavam ver, já pensou ela no ônibus?, Vivi não está ajudando a campanha contra a dengue, está cheia de pneus; o Onofre é um imbecil", e assim por diante. "Sinceramente, você acha que a Roseane merece ganhar tanto? É uma loucura o que eles fazem, pagar essa fortuna a essa dondoca, só por ser casada com aquele traste, playboy decadente. Se ainda fosse uma gostosa... mas nem isso, reta como uma tábua!"

Teresa escutava Henrique e, enquanto escutava, encostava seu pé na perna de João, e ia encostando, cada vez mais, à espera de que ele também estivesse muito mais ligado nela do que "nos causos" do outro e contorcesse os lábios e piscasse o olho e também encostasse suas pernas nas pernas dela. (Que pobreza, querida... a que nos vemos reduzidas, amiga. Por baixo da mesa e em pleno Quilo da Penha, sinceramente... em que mundinho entraste?) Mas João não dava um sinal sequer. Quanto mais Teresa se esfregava nele, mais distante ele ficava.

Naquele dia, quando chegaram à fábrica, ele esperou todos subirem, chamou Teresa e, com um rosto sem qualquer expressão, como se estivesse dando uma ordem ou fazendo uma reclamação, lhe disse:

— Pode fazer o que quiser, que eu não quebro não. Eu não quebro não.

*

Fiquei absolutamente chocada com aquela frasezinha. "Não quebro não." Ele nunca fala nada e de repente sai com essa pérola: "não quebro não". Isso queria dizer que eu já estava quebrada? Sim, eu não respondi, mas é assim que me sinto. Quebrada por um homem que não sei nem quem é. Até hoje ele não me falou nada. Eu já coloquei na mesa toda a minha vida, já dei a ele todos os meus livros e, pelas entrelinhas, ele talvez já saiba de coisas que talvez nem eu mesma perceba. Já fui para a cama com esse homem algumas vezes, mas, mesmo na cama, não ouço sua voz nem escuto seus gemidos. Só sei que ele gozou porque fico suja de porra. Aí então me levanto, me lavo, e ele, após tomar o seu banho quente (sempre primeiro e sempre sozinho, naturalmente), me leva para casa. Esse é o ritual. E, se você achar pouco, não me peça detalhes. Detalhes aqui não cabem. O máximo que posso fazer agora é, como ele, tentar não quebrar. E, você bem sabe, mulheres quebram com facilidade.

*

Faltam 15 dias para a inauguração da loja de Copacabana. Teresa, como toda a SLC, está agitadíssima. "Graças a Deus existem essas fotos!", responde ela aliviada a Rita quando esta, num ímpeto tropical, lhe pergunta: "Por que a gente tem que copiar tudo, hein, Teresa? A gente faria muito melhor se não tivesse que copiar." A perplexidade de Rita, Teresa já deixou para trás. Agora, nem pensa mais nisso. "Bobagem, o mundo é o que é. Todo mundo copia, e não vai ser aqui, nesse país terceiro mundo, nessa empresinha de merda, que a originalidade vai brilhar." O mundo da moda (atenção: pare de falar em "mundo da moda", querida, seja mais cool!) é assim: "um ou outro cria, e o resto todo copia", justificava o *big boss* quando Teresa tentava lhe lançar uma idéia original, digamos. "Pelo menos o texto é em português", diz ela a Rita. Alguma coisa, aliás, que liqüidação há muito já virou *sale*. Enfim, era pegar os álbuns e examinar com cuidado todos os detalhes, um a um, como se tivéssemos uma poderosa lente de aumento. Tudo deve ser rigorosamente copiado: o tamanho dos *displays*, os tons usados (pegar o Pantone e comparar), a logomarca (medir com a régua para ver a proporção exata), a embalagem (observar o material, tem um bando de sacolas da última viagem a Nova York), a arrumação das mercadorias nas prateleiras (contar e desenhar), a composição das vitrines (observar a posição exata dos expositores de acrílico). Cuidado só para não confundir as promoções — lembrar que as estações são invertidas: enquanto lá neva, aqui estamos na praia e vice-versa (vice-versa?). A cada fornecedor, mostrar a foto e o material (atenção: nunca deixar a foto com o fornecedor, ele poderá passá-la para algum concorrente, cuidado! "De preferência, evitar fornecedores que trabalhem no mesmo segmento", recomenda Pedro Paulo, "o segredo é a alma do negócio, vence quem copia primeiro"). "Olhe a foto como é", diz Teresa, "eu quero igualzinho, igualzinho, você faz?" Por um tempo, o prazer de pensar na sacola desfilando sozinha pelo *shopping*, descendo as escadas rolantes, carregadas pelos braços de homens e mulheres classe AAA ("só nos interessam os AAA, esse é o nosso público-alvo, é nele que temos que focar, aaahhh"). E aproveitar o prazer da exclusividade ao máximo, pois logo logo a sacola não estará mais só, atrás dela, virá uma série de clones, alguns mais perfeitos, outros mais descarados.

— Assim como a SLC copia a XL, um bando copia a SLC e outras tantas vão copiar o bando — explica Teresa a Rita —, é assim mesmo.

— Você sinalizou o caixa, Teresa? E a música, já pediu autorização? O som, testou? Já viu a iluminação dos bonecos, os focos de luz estão corretos?

— Impressionante como esse cara sabe de tudo — diz Teresa a João.

— Já vi esse filme, esse tipo de empresário que gerencia com a chave do banheiro no bolso está fadado ao fracasso — contra-ataca o *yuppie* paulista. — Isso aqui não existe, eu inaugurei 17 lojas da B&C sem o menor stress. Colocaram um bode nessa sala; no primeiro dia, vocês sentiram o cheiro, depois todo mundo se acostumou. As coisas não são assim, não precisam ser.

— Varejo é assim — defende Pedro Paulo —, é dinâmico. E isso é tudo.

Quase tudo, que além do "dinamismo" do varejo, Teresa ainda tem que engolir o dinamismo do chefinho, o *stylist* Zeca, responsável pela imagem da empresa, sendo que para ele imagem da empresa é substantivo simples, comum e concreto: "imagem da empresa é imagem de Nova York". E, então, sempre à procura da "cara de Nova York", Zeca vivia pelos restaurantes japoneses da cidade, pagando o almoço dos vendedores mais produzidinhos, afinal, "é de gente assim que a gente precisa, olhe aquele menino, que cara legal, moderna", justificava ele, "a gente tem que investir nesses meninos, isso é que dá o charme da loja, essa coisa assim, meio Paris, meio Londres... Moderno, ser moderno é tudo". *O Anônimo Célebre* de Ignácio de Loyola Brandão.

— Ignácio o quê?

No mundo da moda, o que não está na Wallpaper não existe.

— O quê? Você não leu ainda a Wallpaper deste mês, Teresa? — perguntou Zeca, verdadeiramente escandalizado com tamanha ignorância. — Você precisa ficar mais antenada. Sinceramente, eu sinto que falta a você um certo aprumo visual, você tem que saber a cor que está se usando, como é que arruma o livro na loja, aliás, você já pensou nisso?

— Não, mas eu vou arrumar por assunto, simples.

— Puf! Claro que não, Teresa! O assunto pouco importa, quem é que vai querer ler o livro? Me diga, quem é que quer saber de livros? Livro se arruma por cor, querida: com sapato preto, joga os livros de capa preta; com a sandalinha amarela, põe os amarelos, pouco importa do que eles falem. O negócio é ficar impactante, entendeu? Foi assim que a Donna Karan fez, colocou aquela moto azul giganta, o livro azul — não me lembro nem sobre o que ele era, duvido que alguém lembre, e aquele vestido azul-celeste, todo rasgado, divino, nunca vou me esquecer. Cadê a foto? Pega a foto, Teresa, pega a foto! Está tudo na foto!

*

Eu não queria ser certinha, eu não queria ser boazinha, eu não queria ser educadinha. Meu mundo não me parece impactante — e há de ser impactante, como as vitrines, "são as vitrines que põem o cliente para dentro da loja, favor trocá-las duas vezes por semana". Eu não ponho nada para dentro, quero Madonna e sua filha Lourdes, minha filha não se chama Flor-de-Lis. Chega de ser normal; os normais não aparecem nas revistas de moda. Não são chiques, não são famosos. Como ele, nosso diretor de cinema: lindo, inteligente e rico, ele vai para L.A., mas vai manter sua casa em Itaipava, sua casa em Angra, seu apê em Paris — informa Hildezinha; ufa, ainda bem, ele vai manter o pezinho no país tropical, de florestas exuberantes e quilômetros e quilômetros de lindas praias. Como podemos ser felizes vendo os *ins*, os *cults*, os diferentes, os que prestam e os que se prezam, pela TV e pelas folhas dos jornais e revistas? Infiltrados pelos outros, queremos ser eles, os outros! "Não pense assim, minha filha, não fique assim. Tudo vai dar certo. Não se mire neles. Mesmo tendo tudo, eles são infelizes, jogam-se pela janela ou se matam nas drogas."

Nós, nem de nos jogarmos pela janela seremos capazes. Somos tão frágeis, tão medíocres, que morreremos de morte morrida, velhice ou doença mais que batida: esclerose, osteoporose, câncer, um enfarte às vezes, só para dar uma variada e uma rápida lembrança de que ali poderia haver problemas ocultos, financeiros ou afetivos, a que ninguém atentou, ninguém viu, ninguém reparou, afinal, era um homem comum.

João usa um sapato comprado em Londres e eu estou aqui com meu sapato brasileiro com nome em inglês, até agora me achando bacanérrima, até que eu o vejo, e vejo seu sapato — "um sapato é tudo, você sabe quem a pessoa é pelo sapato, o sapato define toda a vida da pessoa, um sapato ruim é capaz de destruir uma pessoa", enfatiza Zeca.

(Mas não era o relógio?)

Agora já são, portanto, duas as referências: relógio e sapato.

— E também os óculos e a caneta. Aliás, essa sua caneta está ridícula, Teresa, deixa de ser pão-dura, compra uma Montblanc — diz o antenado. E uns óculos Gucci, Armani, Prada, sei lá, esses seus parecem de camelô!

Talvez Zeca tenha razão. Nossos sapatos nos desequilibram.

Pois foi num almoço na churrascaria que Teresa ficou sabendo que João era casado. "Casado, eu não podia acreditar. Como ele tinha me escondido uma coisa dessas?" Foi Lúcia, que lá do outro lado da mesa, entre um chope e um pãozinho com manteiga (vê-se logo: Lúcia não é *fashion*), perguntou:

— João, responde aqui: você dá presente de aniversário de casamento para sua mulher?

— Eu?

— Sim, você; você é casado, não é?

— Casado...

— É, casado, mesmo que não seja de papel passado.

— Bem...

— Então, você dá ou não dá presente?

— Dou.

"Aquilo caiu sobre a minha cabeça como uma bomba. Não consegui comer mais nada. Também não consegui falar mais nada."

João continuava igual: ouvia uns, respondia a outros. Teresa saiu de cena. Queria ir embora logo daquele lugar, mas teve que disfarçar e aguardar as maminhas, picanhas e chuletas. E ainda tinha mamão, melancia, pudim e abacaxi de sobremesa. "A comida nunca me caiu tão mal."

*

Ao chegar à SLC, Teresa partiu para o banheiro. O banheiro, o único lugar de descanso na empresa, o único lugar onde se tinha privacidade. "Não, você não sabe o que é trabalhar num lugar onde todo mundo te vê e você vê todo mundo, o tempo todo."

O escritório da SLC era assim, copiava os modernos escritórios americanos, é claro, onde o espaço é organizado sem portas e paredes, à base de divisórias transparentes, de acrílico ou vidro. Todos vêem o que todos fazem, numa integração imposta. Se por um lado isso é bom (todo mundo vê a hora em que o chefe chega — hora da tensão máxima e, naturalmente, também, todo mundo vê a hora em que o chefe vai embora — hora da tensão mínima) e, da mesma forma, Teresa podia ver João quanto quisesse assim como ele podia vê-la sempre que quisesse, por outro lado, isso é extremamente cansativo. "Você não pode se distrair, não pode rir, não pode falar no celular à vontade, não pode discutir com o ex-marido no telefone, não pode nada." A postura de cada um é permanentemente controlada, não só pelo chefe, mas por todos. Há sempre de se fazer algo, ou de se fingir que se faz algo, e algo importante, que justifique você estar ali, ganhar seu salário e não ser mandado de vez para casa. Se quiser relaxar, navegue disfarçadamente na internet e, mesmo assim, torça para que seu chefe ou algum amigo inimigo não passe em frente ao seu computador justo na hora em que você pesquisa o hotel do fim de semana, manda um *e-mail* para um amigo ou lê alguma sacanagem. Nesse ambiente tão "democrático", o banheiro funciona como um verdadeiro *spa*, pelo menos o banheiro feminino. Procura-se o banheiro para entrar naquela pequena portinha e ficar ali, parada, sentadinha no vaso, pensando em qualquer coisa, sem ouvir a voz de ninguém, sem nenhuma pergunta, sem ninguém para lhe pedir um favor, lhe dar uma ordem, passar um abacaxi. São momentos de verdadeiro relaxamento, em que o silêncio é apreciado como se estivéssemos em Pasárgada ("Vou-me embora pra Pasárgada, lá sou amigo do rei"). Nessas situações, Teresa sempre pensava que a única coisa que faltava era a plaquinha "não perturbe", ou melhor, "*don't disturb*" — para uma empresa de moda, *plus sympathique, n'est-ce pas?* Então João era casado, e ela, ingenuamente, não sabia de nada. Estúpida! "Há quanto tempo ele era casado?" — pergunta número um. Dois: "Como era seu casamento?"

Três: "Como era sua mulher?" Quatro: "Por que ele não tinha contado nada para ela? Então, o celular que volta e meia tocava e ele não atendia, era ela?" Cinco: "Como ela se chamava — Helena, Vera, Cristiane?" Seis: "De que tipo era?" Sete: "Quanto ele a amava?" Oito: "Quanto ela o amava?" Nove: "Desde quando ele a amava?" Teresa percebeu quantas coisas não sabia, quantas coisas precisava saber (no mínimo, nove).

Tentou respirar fundo, saiu do "*relax*" (já estava tempo demais ali, alguém poderia estar cronometrando sua ausência), lavou o rosto, penteou o cabelo e partiu de volta ao mundo. Quando passou pela porta que dava acesso ao escritório, pensou no *slogan* do treinamento de vendas que ela mesma ministrava: *It's showtime! It's showtime!* Encolheu a barriga, esticou o pescoço, respirou fundo e entrou com passos rápidos e largos — "uma executiva precisa mostrar que é forte, decidida, tem personalidade marcante, e isso pode ser revelado através de sua postura e até de sua forma de caminhar", diz o Manual da Executiva Bem-Sucedida, página 13, capítulo dois, "Como se tornar uma poderosa no mundo dos negócios". Sim, com passos rápidos, mostrando determinação, Teresa voou para a mesa do diretor-geral:

— Então, você é casado, é? — falou com a voz trêmula, o rosto queimando, a boca seca.

Diferentemente do manual, a vida não imita a arte e ali estava uma executiva fraca, capaz de ter uma crise de choro, absolutamente insegura (mulheres, sempre inseguras...).

— Casado? Não.
— Não? Então é o quê?
— Eu tenho uma namorada.
— Que mora na sua casa. E isso não é ser casado?
— Para mim não é, para você não sei.
— Não sabe, eu não acredito que você é casado e...
— Não é o que você está pensando.
— Por que você não me falou?
— Porque você não perguntou.
— E precisava perguntar?
— Eu respondo ao que me perguntam.

"Ah, vai à merda", foi o que ela quis dizer, mas teve medo de que alguém ouvisse. "Medo, medinho"... Por isso, calou-se. "Caladinha...".

— Não é o que você está pensando, já disse.

*

Eu não sabia o que ele achava que eu estava pensando, tenho certeza de que jamais ele seria capaz de pensar minimamente no que eu estava pensando, e idem, de sentir o que eu estava sentindo. Então Laurinha tinha toda razão quando avisou: "Melhor você saber logo se esse cara é casado ou não, estranho ele não dizer nada, você está embarcando numa viagem, olha lá, vê se não vai se estrepar"; "depois, não diga que eu não avisei", completou Celina. Eu sempre achei estranho ele falar tão pouco sobre ele, mas não era só sobre o casamento (sim, ele era casado!) que ele falava pouco. Eu sabia muito pouco sobre seus irmãos — eram dois; sobre seus pais — eram vivos, sobre sua infância — como a de todo menino: normal, na rua. De verdade, eu não sabia quase nada sobre João. A nossa relação era feita do prazer de ficarmos juntos, e de sexo, sim, de uma absoluta sintonia na cama.

— Você tem reclamações importantes sobre João. Por que você desconsidera suas queixas?

— O que falta nele nunca me interessou.

— Só lhe interessa o que falta em você, por quê?

— Sei lá.

Sei lá mesmo. O que eu sabia é que agora o tchauzinho às sextas-feiras ganhava uma nova conotação. Ele não ia só para a sua casa. Ele ia para a sua casa onde uma mulher o esperava. Eu estava absolutamente destruída. "Você não pode ser assim, tudo te derruba", me disse minha irmã.

(Quantas vezes não fui chorar escondido no banheiro? Quantas vezes uma palavra dita até sem maldade não me magoou? Quantas mágoas não guardei desnecessariamente, sempre incapaz de revidar, de tentar explicar, ou mesmo, de pedir uma explicação?)

De fato João tinha razão — "intensa", foi isso que ele me disse logo depois de ler meu romance. Na hora, encarei o adjetivo como um elogio. Mas agora vejo que ser intensa não é glória alguma. A palavra pode até ser bonita, mas não o que ela provoca. Talvez eu tenha, novamente e erradamente, intensificado demais as coisas. "Intensa."

*

— Por que você se massacra tanto? O que você precisa fazer para se sentir reconhecida? O que os outros precisam fazer para você se sentir reconhecida? Enquanto você não mudar sua opinião sobre você, os outros não mudarão.

Confusa, perdida. Uma garrafa em alto-mar, para sempre?

Sei que faço a história maior que o fato. Nosso caso não é tudo. Nossas noites não são únicas. Nosso amor não é tanto. Não devia ser. De novo, eu vivia um triângulo amoroso. Não era possível que a história se repetisse. "Dois raios não caem sobre a mesma cabeça", costumava dizer minha madrinha. Preciso acreditar que, nesse caso, a vantagem é minha. Sim, ele a largará e ficará comigo. Sim, o casamento deve estar no fim, como todo casamento um dia chega ao fim. Sim, e como também sempre acontece, depois do fim, vem um recomeço. "Todo encontro é também despedida", diz a música, "são só dois lados da mesma viagem", canta Milton em uma das minhas canções preferidas.

*

Chego em casa com a cabeça estourando. Converso mal e porcamente com as crianças, deito na cama arrasada. Rosa sente que algo está fora do lugar. Vem e me pergunta se eu estou passando bem. Respondo que sim, que é só dor de cabeça, deve ser tpm. Peço-lhe que me faça uma massagem com uma das barras que João me deu. Ela pega a preta, de chocolate, e com sua mão pesada, espalha-a sobre as minhas costas, meu ombro e pescoço. Tento relaxar, pensar em outra coisa, minha cabeça está pesada, dói. Lucas entra no quarto e sente o cheiro: "Mãe, imagina se alguém comer você." Acho graça do duplo sentido, mas não consigo acompanhá-lo. Estou entregue. Choro. As meninas ficam inquietas. "Mãe, o que houve?", pergunta Maíra. "Quer que ligue para alguém?", segue Flavinha. Para quem? Não tenho para quem ligar, não tenho o que dizer. Vou dizer o quê? Ah, o homem que estou namorando (estou?) é casado. "Nada demais, querida, os homens costumam ter amantes, você não é a primeira e não será a última", diriam minhas amigas. Mas eu, amante? Não era assim que eu me sentia, talvez porque trabalhássemos juntos, jantássemos juntos, dormíssemos juntos. Talvez porque mais de quatrocentos quilômetros separassem a amante da esposa. Sim, mas isso pouco importa. O que sinto não é o que é. O fato é: eu sou a outra. Tenho vontade de chorar, mas, ou porque acho ridículo chorar por um homem que mal conheço (não sabia nem que ele era casado), ou porque acho ridículo chorar por amor na minha idade, ou ainda porque não sei nem se é amor o que sinto, não choro. Em vez de lágrimas, fico com a boca seca.

Resolvo dormir, a angústia me dói. O que será que ele sente? Não, não é possível que ele ainda goste da mulher. Tomo um Lexotan, melhor não pensar em nada.

O sono, Lucas, não me traz nenhum sonho bom.

*

A Ponte Aérea Rio—São Paulo está lotada. Não há nenhum evento especial nas duas cidades, nenhuma feira, nenhuma bienal, a fórmula um já passou. O movimento vem mesmo dos executivos que andam para lá e para cá e às sextas-feiras tomam o rumo de casa. Certamente, vão chegar em casa sem a chave, tocar a campainha, a empregada vai abrir a porta, eles tiram a gravata, depois o paletó, que será largado sobre a *bergère* na sala de estar. Encontrarão a mulher e, após um rápido beijo, avisarão que precisam tomar um banho, a semana — como sempre — foi dura. Aí então as crianças chegarão, a mãe pedirá que elas cumprimentem o pai, o que farão rapidamente, "oi, pai", e partirão apressadas para o *videogame* ou a TV. O pai fica na sala, a mãe conta as novidades: "O eletricista disse que não tem jeito, é preciso trocar a resistência; o boletim do José chegou, chamaram você para a reunião na escola" — "não posso ir" —, "já avisei que você não poderá ir; você nunca vai mesmo. Ah, um pouquinho antes de você chegar, o Mário e a Sandrinha ligaram para cá convidando a gente para jantar, falei que ia falar com você, depois dava uma resposta."

“Hoje? Hoje não. Liga para eles, inventa uma desculpa qualquer, marca para semana que vem.” E, então, livre dos compromissos, o pai liga a televisão e vê o jornal, com os pés descalços, o uísque no copo, e o barulhinho do gelo sendo mexido com a mão: toc, toc, toc — *home, sweet home*.

Na casa de todo mundo deve ser assim, bem provável que seja assim, mas na de João não é assim não. João chega em casa por volta das dez, a mulher não está. Abre a porta. São quatro trancas, “é preciso se resguardar nesse país de filhos da puta; devia alguém soltar uma bomba, sumir com esses caras todos, de uma vez”. Confere a sala. Na mesa, os três livros comprados na última viagem a Nova York — um sobre moda e estilo, outro sobre museus, e um terceiro sobre *art déco*, os três milimetricamente dispostos, um sobre o outro, deixados exatos dois centímetros à esquerda (medidos com fita métrica e não trena), tudo produzido como uma foto de revista. O sofá branco, branquíssimo, ganha duas almofadas cítricas dispostas meio de frente, meio de lado, no canto esquerdo. As duas cadeiras pretas, também simetricamente colocadas, levam a assinatura do *designer* do momento. O tapete persa acomoda a espaçosa *chaise-longue*, Monalisa em Louvre. Tudo minimalisticamente disposto, nos mesmos lugares da semana passada (na mesa de centro, os três minibaralhinhos), e de outras tantas semanas atrás, quando João para ali se mudou, e arrumou todos os objetos e assim os deixou, para todo o sempre, amém. As janelas estão fechadas — "para que abrir?". Não há luz, nem sinal de gente, nem do lado de fora nem do lado de dentro, e isso provoca em João um grande alívio. Ali ele pode se sentir livre de todas as cafonices (existe palavra mais cafona do que esta, amiga?) do mundo, daquela gentinha sub-raça, sem o menor gosto, gente que põe a calça errada com a blusa errada; essa gente tão sem elegância, essa gente carioca, essa gente pobre, sem gosto e sem berço. Ali ele pode tirar seu *jeans* Diesel e passar seus cremes Lush, se deliciar vendo Matrix e depois assistir ao *show* de Zezé di Camargo e Luciano — é *cult* o *mix*, entende? O *home theatre* preto e branco, claro, assinado pelo arquiteto italiano, permite tudo. *Home, sweet home*.

O barulho da chave e o latido do cão (branquinho, naturalmente) avisam que Daniela está chegando.

— Já chegou, bacana?

— O trânsito estava bom. E você, de onde vem?

— Da academia.

— Não vai falar comigo, não?

— Primeiro tomar um banho.

— Eu gosto de você suada também, vem cá.

João tira a roupa, despe em seguida a mulher e eles fazem amor na cama branca de lençóis brancos no quarto branco do apartamento branco, exatamente igual ao apartamento londrino que está na capa da Elle francesa da semana.

— Você viu? Trouxe para você — João entrega a revista a Daniela.

— Parece seu apartamento.

— Está vendo como eu sei das coisas?

"Sossegado" — afinal, ele já transou e, afinal, ele sabe das coisas, João se levanta e vai para o banheiro tomar uma ducha (querida, aí você acertou em cheio, congratulations! Paulistas adoram ducha e eles têm razão: é muito mais nobre tomar uma ducha do que tomar um banho de chuveiro, concorda?)

Daniela fica na cama, folheando a Elle (francesa) como se fosse gibi.

*

João tem outra mulher, e eu estou louca de raiva. Até na palavra coloco minha raiva. Raiva de não ser a única ("ter que disputar o amor de sua mãe talvez tenha sido difícil para você"), raiva de ter que disputar o amor dele ("talvez você busque homens com os quais vá ter que disputar"), raiva de ter que dividi-lo com uma outra mulher ("talvez você se interesse por uma situação triangular"). Ah, foda-se, Anita! Aonde isso vai dar? Para que tantas perguntas? Você sabe as respostas? Então, o que adianta perguntar? "Se fiz um câncer, fizemos juntas", disse Dina Sfat à sua terapeuta. Digo o mesmo.

— A decisão é sua, é a sua vida. Eu só estou aqui para ajudar.

Simples: decido então que vou dar mais um tempo e, se ele não largar a mulher, largo-o eu. Mais dez encontros, sim, me parece um bom número, dez, um número "certo e justo". Dez encontros — é tudo o que consigo definir.

Exausta de buscar respostas que não aparecem, pego Lucas e saio com ele. As meninas me conhecem, tenho que manter com elas um diálogo coerente, com início, meio e fim, fingir que estou bem, com tudo no lugar certo, bem conectado; caso contrário, vou a nocaute. "Você vive deprimida, mãe", me disse Maíra um dia desses. "Se eu fosse você, ia a um psiquiatra. Outro dia vi na revista, tem gente que tem depressão crônica, aí toma uns remédios e melhora; quem sabe não é o seu caso?", diz a jovem sabe-tudo, delicadamente. "Um dia há de chegar a sua vez", penso eu perversamente.

Melhor fugir de tudo isso com Lucas. Lucas não sabe o que angústia significa. Com ele, posso ficar quieta, ligar o som do carro bem alto. Ele não vai perceber se estou ou não deprimida.

— Isso faz parte de seu processo de desvalorização: se ver através dos olhos dos outros, de sua mãe, de João e até de Maíra, sua filha.

Levo Lucas ao Parque da Mônica. Nada como parques quando se está mal. Os olhos de meu menino não me revelam. Filhos não precisam de pais em um parque. Precisam só das gangorras, trens fantasmas, carrinhos, bolas, sustos e arrepios. Fico horas entre os brinquedos, Lucas está feliz, eu sorrio para ele entre uma volta de avião e outra. É tudo o que preciso fazer: dar uma olhadinha, fingir que o acompanho passo a passo e sorrir. Quando não o vejo, quando estamos no escuro do trem fantasma, posso ver João. Os pensamentos fazem montanha-russa em minha cabeça. Quero João, não quero, fico com ele, vale a pena, não, que ele vá para a puta que o pariu! Lembro-me daquele filme francês do pai que perde o filho, ele também vai para o parque. Sinto-me como ele, no barco *viking*, sendo jogada para lá e para cá, com baques cada vez mais fortes e violentos. Quero a vertigem, qualquer coisa que afaste esse homem dos meus pensamentos, o que estará ele fazendo? Tenho medo de telefonar para ele, embora ele nunca tenha me dito para não fazê-lo; também não me falou o contrário, é verdade. Vou mais uma vez ao bate-estaca, Lucas ri, feliz da vida.

*

Sábado e domingo, João cumpre o ritual do fim de semana em São Paulo: clube, almoço com Daniela, Morumbi, noite em casa com Daniela. Aproveita o sábado, que é o primeiro do mês, e vai até a feira de antigüidades em Pinheiros. Compra um abajur anos setenta, “vai ficar bacana na sala". À noite, vê os programas esportivos, um filme de ação — embora Daniela preferisse uma comédia leve; depois, um filme de guerra — embora Daniela continuasse preferindo uma comédia leve. Zapeia por todos os canais e, quando não há mais nada a ver, vai apagando as luzes, fechando as portas, primeiro a da sala, depois a da cozinha, a do *home theatre*, a do *closet*, do banheiro, do quarto, enfim. Na cama, cobre o rosto com o travesseiro, mania que tem desde menino, e Daniela aproveita:

— Sabe de uma coisa?

— O quê?

— Não sei, essa história de você estar no Rio, e eu aqui...

— De novo? Arranja um emprego para mim que eu volto. Ou para você, então.

— Você sabe que isso é impossível.

— Então, não fala mais nisso. Eu não estou aqui, porra?

— Está.

E assim João dá o assunto por encerrado. Sendo a vida o que é, nem mais nem menos, ele pode virar para o lado e dormir um sono tranqüilo. "Sossegado", aliás. Afinal, o Rio de Janeiro fica a mais de quatrocentos quilômetros. E só vai de segunda a sexta.

*

Dia primeiro, dia de reunião de diretoria. Teresa chega pontualmente. Todos se cumprimentam. Cada um conta as novidades do fim de semana. João fica quieto e Teresa se irrita em não saber o que ele fez. Deve ter feito o quê? Ido ao cinema, às lojas de CD, comprado roupas para a mulher nas lojas caras dos Jardins, ficado em casa, feito amor? Certamente, o sábado dele foi melhor que o dela ("Você desvaloriza tudo o que é seu, talvez ele não tenha feito nada do que você imagina. Não idealize"). Ela diz que foi a uma festa, *halloween* — mentira. Ele a olha, parece acreditar.

— A situação está crítica, vocês já devem ter visto os balancetes, o resultado do mês foi um desastre. O que a gente pode fazer para reverter essa situação? — pergunta Pedro Paulo.

— A gente tem que fechar pelo menos duas lojas — diz João.

— Porra, cara, você só pensa em fechar loja! Não tem outra saída, não? Você sabe quanto me custou pôr cada uma dessas lojas que você quer fechar em pé?

— Imagino; mas ficar com elas vai custar muito mais.

— Não vai, não, se cada um aqui colocar a cabeça para funcionar. Vocês acham que eu contratei vocês para quê?

Há muito tempo Pedro Paulo não parecia tão irritado.

— E aí, Teresa, parou de ter idéias? O que está acontecendo? Algum problema em casa que eu possa ajudar? Ou está apaixonada... o amor é que faz a gente perder a cabeça — ironiza o chefe.

— Não, está tudo bem — responde Teresa, cheia de "medinho" de se revelar.

— Há quanto tempo você não tem uma idéia genial, hein, Teresa, daquelas que faziam a gente sorrir de cabo a rabo... Quer que eu compre uns livros para você se inspirar? Rita, chama aqueles garotos que vendem livros, compra uns cinco livros bem bacanas, dá para a Teresa. Vai ver é isso que está faltando: ler, arejar a cabeça, ver coisas novas, se inspirar. E você, Henrique, tem alguma idéia?

— Gastar menos. O orçamento...

Pedro Paulo interrompe.

— Porra, desde que o mundo é mundo, é isso, cara, que você me diz. Pensa no inverso: como é que faz para ganhar mais? Porque, para gastar menos, eu já sei: é só mandar vocês todos para a rua, que de um minuto para outro o custo mensal da empresa cai à metade.

— Você está brincando, não está, Pedro Paulo? — diz João, visivelmente irritado. — A gente fala o que deve ser feito, mas você ignora, faz o que quer. Se você quer comandar a empresa sozinho, comanda, cara, ela é sua. Mas resolve também os pepinos. Melhor mandar todo mundo aqui embora; meu cargo, aliás, está à sua disposição.

Teresa sentiu um calafrio. Nem dez encontros talvez acontecessem. Talvez nenhum mais. Nunca mais.

Pedro Paulo não esperava a reação de João. Tinha se acostumado a ser o único chefe — aquele que todo mundo ama e odeia, ou ama ou odeia, o dono da razão, o mandante do crime. Não era possível que tivesse contratado uma cobra.

— Tudo bem, eu sei que estou pegando pesado, é só para dar uma sacudidela. Porra, eu tenho aqui um time de primeira e um resultado de merda, não dá. Sugiro que vocês fiquem por aí, passem o dia juntos, trancafiados nesta sala, não atendam nem o celular, e pensem no que a gente pode fazer para sair dessa. De tarde, a gente se vê na reunião, certo, João? Você vai também, não vai, Teresa?

Pedro Paulo pega a pasta e se manda. Teresa pega a caneta e quebra o gelo:

— Vamos lá. A gente começa por onde?

— Pelo início — diz João. — Se bem que, com esse cara aí, às vezes dá vontade de começar pelo fim.

— Eu sugiro que a gente comece pelo almoço — diz Henrique. — Depois de uma bela picanha, tenho certeza, tudo vai dar certo.

— "Bora, bora, bora" — foi o que se ouviu na sala.

Teresa fica com o papel em branco e a caneta na mão.

— Você não vem? — pergunta João.

— Não, vou comer qualquer coisa por aqui mesmo, com a Rita.

("Impossível se divertir depois de um esporro daqueles. Era como sair na véspera da prova... não, impossível! Eu poderia ser castigada com um zero, e aí?")

— Por que, Teresa, por que você precisa sofrer para receber? De que você tem tanta culpa? — mais perguntinhas de Anita.

No almoço, Rita avisa que ligaram do laboratório informando que os exames estavam prontos.

— Ih, é mesmo, os exames.

Teresa tinha que reconhecer: Pedro Paulo estava (como sempre, ela achava) com razão. De fato ela estava com a cabeça no ar. Ele só não percebeu que o motivo estava ali ao lado. Quem mandou contratar aquele homem de preto? *Black is beautiful!*

*

Passo pelo laboratório antes de ir à reunião. Vejo que o exame confirma a suspeita de meu papanicolau: tenho HPV. *Human papiloma virus*. Fico apavorada. Não consigo me lembrar exatamente do que dr. Marinho me disse sobre isso. Só sei que HPV me lembra HIV. Tenho um vírus, estou infectada, bichinhos percorrem meu corpo, serão minhoquinhas? Estou em pânico. Chego transtornada ao hotel onde será o seminário da pesquisa de *target*. Rita pergunta se estou com algum problema. Digo que é bobagem, confusão das meninas, vou resolver. Me afasto das pessoas (ao longe, vejo que João me acompanha, talvez tenha percebido meu descontrole) e telefono para meu médico. Dr.

Marinho me diz para ficar calma, que muitas mulheres têm o vírus, que ele pode ou não se manifestar, que não necessariamente provoca câncer, que é só acompanhar — dos males, o menor. "Isso mostra como você tem que se cuidar; da mesma forma que pegou o HPV, podia ter pegado algo mais sério." Como vou dizer a ele que burramente achava que essas coisas só se pegam quando o homem goza dentro da gente? É muita ignorância para uma mãe de três filhos, uma diretora de *marketing*, mas é. Fico desesperada também pensando como vou contar a história a João. "Ele podia ter evitado, se quisesse, poderia ter usado preservativos; isso é problema dele", diria Anita. "Que dia você vem aqui?", me pergunta dr. Marinho. Logo escuto me chamarem para a reunião. Desligo correndo o telefone, prometendo ligar outra hora para marcar a consulta. "Te cuida, menina. Não tem nada mais importante que você não." Tem sim, no momento pelo menos duas coisas eram mais importantes do que eu: a reunião e João.

*

Imediatamente, ao sair da reunião e entrar no carro, João liga para Teresa.

— O que aconteceu?

— Nada.

— Nada como, porra? Alguma coisa comigo?

— Não, nada com você. Quer dizer, até é. Mas não é sua culpa.

— Vai, me conta.

— Não posso, por telefone não dá.

— Mas o que é isso que não dá para contar por telefone?

— É sério, vai, não dá.

— Dá para falar no restaurante? Ou no restaurante também não dá?

— Dá.

— Vamos jantar, então?

— Jantar, não. Vamos comer qualquer coisa. Que tal na Academia?

— Está limpo. Vamos lá.

*

— Então, é isso? Ufa!

— Ufa como? Você acha pouca coisa? O que poderia ser pior?

— Várias. Do jeito como estava a sua voz...

— Para mim é péssimo. Ter que falar nisso, estar com isso.

— O médico já não disse o que fazer?

— Já. Escuta, eu acho que você não entendeu tudo...

— Entendi, sim; entendi direitinho (executivos, pragmáticos...). Agora vamos embora que o dia hoje foi foda.

Teresa é que não entendeu nada. Se ele tinha ficado preocupado ou não. Se a relação deles tinha acabado ou não.

— Mais uma vez, você de novo tentando entender o que ele sentiu. Mas e você, o que sentiu?

*

"Vírus com mais de oitenta tipos diferentes, pode permanecer na pessoa por décadas; depende apenas do contato com a pele, não sendo necessária a penetração; a infecção é uma das doenças sexualmente mais transmissíveis em todo o mundo..." — pela primeira vez, fiz uma pesquisa na internet. Santa ignorância. E justamente quando me vejo invadida pelo HPV, Maíra me avisa que vai ao ginecologista porque resolveu transar com o namorado.

— Por que você não me falou antes? — pergunto, perplexa.

Enfim, chegara a minha vez: minha filha já não era uma criança, tinha um namorado e queria transar com ele. E eu, que me achava íntima dela, não sabia de nada.

— Falar a que horas? Ou você está no trabalho e não tem tempo nem de falar ao telefone, ou chega correndo, morrendo de pressa, para sair com o João.

— Você está exagerando.

— Não estou não, mãe. Você é oito ou oitenta. Ou você gruda no pé ou não está nem aí. Você já viu a geladeira? Não tem nada para comer nessa casa.

— E por que você não compra?

— Eu?

— Você.

— Me dá o dinheiro que eu compro.

— Usa seu cartão.

— Eu não sei o que é para comprar, mãe.

— Você vai ao ginecologista, vai transar com o namorado, e não sabe nem fazer um supermercado? — eu sabia que estava pegando mais pesado do que devia.

— São coisas diferentes, mãe; você sabe que são. Agora também eu estou avisando só para avisar, que já está tudo marcado.

— Quem é o ginecologista?

— Uma mulher que a Ana indicou (ah, quer dizer que ela estava indo à ginecologista recomendada, não pela mãe, e sim pela mulher do pai. De repente, senti ciúmes, raiva de ter sido excluída daquele processo, e também pânico de perceber que minha filha, uma adolescente, ia virar mulher).

— Você tem certeza de que está preparada para transar com o Alex?

— Claro, mãe, claro.

Eu não sabia o que fazer, se devia chorar, se devia me esconder, se devia falar sobre os riscos do sexo. Por que sempre pensamos em falar dos riscos e não das delícias do sexo? Maíra tinha razão: eu tinha abandonado a casa e meus filhos por um apart e um homem. Era preciso reverter. Ficar em casa, concentrar na família. Focar, focar. Hoje, portanto, vou me dedicar a eles. Vou ver a agenda do Lucas, vou ouvir as histórias da Flavinha, vou saber como foi o médico da Maíra, farei supermercado, porei a casa em ordem. Fiquem tranqüilos, mamãe será só mamãe. Nem que seja só por hoje (pois talvez já nem consiga ser só mãe por mais de um dia, nem também sei se eles me querem mãe por mais de um dia). "Um fogo ardeu dentro de mim", é banal, é vulgar, mas é isso — perdão, meus amores. Estou enfeitiçada. Como Maíra, adolescentemente apaixonada.

*

Então, Manuel, Carlos, Pablo, Affonso, Clarice, por favor, me ajudem, me iluminem. Quero ir ao fundo da palavra, não a quero tão rasa. "No meio do caminho tinha uma pedra. Tinha uma pedra no meio do caminho." Preciso pular minhas pedras, fazer versos que surpreendam, que me surpreendam. "No fundo você é um câncer (câncer, será que ele disse isso?) pulsando, como uma esponja, recolhendo as emoções em tudo que vive", me diz o astrólogo. Pois, então, que pulsem em mim as tais das emoções na hora de escrever. Onde estão elas? João me deu um cartão: "existe sempre algo de loucura no amor, mas sempre existe alguma razão na loucura", Nietzsche. Dentro do cartão, nada escrito. "Preencha você, como quiser", me diz ele sorrindo diante de minha surpresa e reclamação, "você não é a escritora?" Sim, quero ser, mas parece que não sei ser. Tenho medo de que tudo isso não passe de uma bobagem; comecei porque você me pediu que contasse a nossa história, e eu resolvi contá-la. Mas contar e viver são coisas bem diferentes. Como revelar o pensamento e os sentimentos em palavras? Tudo gira na minha cabeça, o mundo gira e a Lusitana roda, onde mesmo tinha essa frase?

(Nos armazéns da avenida Brasil, lia quando chegava de viagem, sete, seis, cinco, os armazéns passando, me informando que as férias tinham chegado ao fim, estávamos de volta à cidade maravilhosa, já "em cinzas", em breve estaríamos em casa. Na avenida Rio Branco, as serpentinas mostravam que o carnaval acontecera, nós é que não vimos, essa festa tão pagã, era preciso ir embora para as Minas Gerais da purificação e só voltar depois de tudo terminado. "Eu queria estar na festa, mãe, me dê a fantasia, me deixe entrar no bloco, a serpentina, o lança-perfume..." "Não, vamos para a fazenda, andar a cavalo e não de cavalo, tomar leite na vaca, isso sim é saudável, festa não; festa é para os mortais, os pobres, os despudorados, os ignorantes, os que não têm tradição, os que vivem dos prazeres do corpo." Os outros.)

Hoje sou livre para ir ao carnaval, mas parece que o tempo passou. O mundo gira, a Lusitana roda e eu tenho que conseguir acompanhar tudo isso. "A vida adulta é assim, como o malabarista de circo, vários pratos a equilibrar" — frase da psicanalista anterior a Anita, da qual também jamais me esqueci.

Põe prato nisso!

*

Há uma mulher na casa dele, dormindo com ele, tomando banho com ele, dividindo com ele o lençol e os travesseiros, o pote de requeijão e a coca-cola, vendo junto com ele televisão, sentando no sofá ao lado dele, ouvindo música com ele.

Uma mulher o vê escolher a cueca que vai usar, uma mulher o vê colocar o perfume, quantas gotas coloca, uma mulher o observa escolher a camisa, a azul ou a branca?

Uma mulher o vê quando ele chega em casa, quando sai, o barulho da chave na mesa, a porta se fechando.

Uma mulher vê sua pasta sobre a mesa, seus lápis e suas canetas.

Uma mulher dorme ao seu lado, o vê suspirar, talvez sonhar.

Teresa não gosta de pensar nisso, bobagens ridículas, escatologia, mas a verdade é que pensa.

— É o colo que você perdeu para sua irmã, o medo de perder de novo — insiste Anita.

Será o medo da rejeição a se repetir por toda história, como um carma?

É a luzinha do celular piscando no carro, no restaurante, no cinema, no motel, na cama. O farolete da polícia, sempre ali, lembrando que lá longe existe uma mulher, a verdadeira, e que ela, Teresa, é a falsa. E João, é falso ou verdadeiro?

— Você enxerga problema onde não tem, homem é assim, não fica falando tudo para todo mundo — explica-se ele, defendendo-se das reclamações cada vez mais constantes dela.

João fala sem a menor dificuldade de tudo: a roupa da moda, a bebida que acabou de ser lançada, o restaurante do momento, o mais novo filme iraniano, o apartamento mais rentável, o político de melhor *performance*. Quantos assuntos! Verdadeira enciclopédia com conteúdo disperso em infinitos volumes. Ele só não fala dele.

— Para que se expor?

Ora, num mundo em que todo mundo sabe de tudo, num mundo em que as pessoas se mostram fazendo xixi, fazendo amor, cozinhando, tomando banho, Teresa acha ridículo saber tão pouco do homem com quem está, no mínimo, tendo "um caso". Por isso, precisa saber: favor informar nome, filiação, endereço, trabalho, funções, salário, descontos exigidos por lei, outros descontos, primeira namorada, primeira transa, traumas — pequenos e grandes —, as maiores alegrias, as maiores tristezas, frustrações, desejos, expectativas, necessidades. "Afinal, quem é você, João? Vai, conta, diga, por favor, me conte tudo, mostre sua casa, mostre sua vida, mostre sua certidão de nascimento, seus álbuns de fotografia, sua mãe e seu pai, seu passaporte, sua carteira de trabalho, as cartas que você escreveu, as cartas que você recebeu, seu guarda-roupa, sua senha na internet, sua senha no caixa eletrônico, seus cartões de crédito, sua louça e sua roupa de cama, seu banheiro, o papel higiênico que você usa — desenrola, vai, conta. Conte-me tudo."

*

Até agora, Teresa só sabe que João visita a mãe e o pai aos domingos à tarde, e, mesmo assim, quando não há jogo do São Paulo no Morumbi. João era chique (chic, chic!, darling!), *casual chic* (agora sim!) e faz parte dos *casual chic* não ter a *entourage* que caracteriza a vida dos normais. Família é coisa excessivamente normal, vulgar até; famílias são bregas, cafonas, não aparecem na mídia. Responda rápido: você se lembra de alguma reportagem de revista sobre a casa de alguma família? As casas que ilustram as revistas são as dos solteiros — diretores de televisão, homens charmosos, apresentadoras mais que gostosas, empresários bem-sucedidos, músicos geniais, atrizes maravilhosas, todos sozinhos e de bem com a vida; cada dia, um namorado, nenhum compromisso, no máximo um filhote só para fazer aquela foto de barriga de fora, ou no Dia dos Pais, aquela foto do paizão com o pequerrucho jogado ao alto, vestidos os dois com o mesmo modelito — ai, que fofo... Os solteiros, os despachados — eles que sabem gozar a vida, que preservam seu espaço, que ocupam todo um *loft* com pouquíssimos objetos, tão poucos como as pessoas com as quais eles se ocupam e que se ocupam deles.

João — Teresa já começava a perceber — era assim: não mantinha vínculos, podia fazer o que quisesse, não havia sequer uma satisfação a dar. Ninguém a prestar contas. Só uma mulher, uma garota, que talvez não exigisse muito dele, pelo simples fato de não saber o que ele sabia, não poder comprar o que ele comprava, só poder viajar com as milhas dele e se ver através do Armani dele. João mantinha, assim, o grande valor do mundo moderno, o mundo dos independentes, dos que sabem das coisas, dos fodidos (na acepção paulista, que, como não poderia deixar de ser, quer dizer justo o contrário do que significa para os cariocas: fodido no Rio é quem está mal): liberdade. Liberdade era seu trunfo, a palavra que o distinguia dos seres humanos de carne e osso, de filhos, maridos, sopas e potinhos, mulheres, sogras, babás, mamadeiras e chupetas, reuniões de escola e festas de aniversário — os normais, os medíocres, os fodidos (aqui na acepção carioca), enrolados com vinte filhos, três mulheres e um bando de pensões. João é o contrário, um homem-ilha, portanto, o inverso de Teresa, polvo de muitos braços, preso cada qual num canto (que profundo mais piegas, querida, "a cama clama", lembra quando você riu do e-mail do colega de trabalho? Pois fazes o mesmo: ilha e polvo, sinceramente!). Talvez cada um esteja só dizendo: me dê um pedaço de você, eu quero provar, deixe-me ver se a água está salgada ou doce, fria ou quente; deixe-me cheirar essa terra, gosto de terra, mato fresco ou queimada? E, num canibalismo amoroso, eles se misturam, se adentram um no outro, ilha no continente, continente na ilha (oh!), causando às vezes tantas delícias; outras, tantos estragos.

*

— Depende, Teresa. Você é que tem que ver se suporta e o quanto suporta — diz Anita.

— Eu acho que não. Eu não estou acostumada a isso.

— Esse talvez seja um problema seu e não dele. A sua insegurança, talvez.

— Ele me deixa com fome. Com João, eu passo fome o tempo todo.

— Talvez você esteja procurando nele o aconchego materno. Ele não é sua mãe, nem seu pai; é só seu namorado.

— Namorado? Isso é o que eu queria que ele fosse.

— Como assim? Vocês não estão saindo, o relacionamento de vocês vem se desenvolvendo, não vem? Por que ele não é seu namorado? É o quê, então?

— Não sei, talvez nada.

— Aí já é sua baixa auto-estima. Você tem de saber diferenciar as coisas; o jeito dele de ser, diferente do seu, não significa que ele não esteja envolvido com você.

— Ele continua com a mulher dele. Ele não me fala nada.

— Talvez ele não fale porque não sinta necessidade de falar.

— Mas eu tenho necessidade de saber. O que ele tem com ela? O que ele sente por mim?

— Então pergunte. Pergunte a ele. Pergunte o que você quer saber. Fale com ele.

— Ok.

Almodovarei.

Teresa está especialmente bonita. Vestiu-se com sua roupa mais sofisticada, foi ao cabeleireiro, fez até uma leve maquiagem para esconder as olheiras e a noite mal dormida. Chegou rindo, como se estivesse muito feliz. "Bem comida", sim, era isso que ela queria que os outros pensassem. "Que ela tinha um ótimo cargo, recebia um ótimo salário e estava muitíssimo bem comida." Diante de uma platéia de mais ou menos cem pessoas, a maioria homens, abriu o II Encontro SLC para Fornecedores. Dessa vez, fez questão de seguir as instruções do capítulo três do Manual da Executiva Bem-Sucedida, que ela relera essa manhã no banheiro: "Sorria, sorria sempre, diante do maior problema ou do pior inimigo, sorria. Os outros, ao perceberem-na feliz, vão se sentir mais inseguros e mais infelizes — e, quanto mais fracos eles estiverem, mais forte você estará." O conselho estava de acordo com aquele que Pedro Paulo gostava de lembrar, sobretudo em tempos bicudos: "Se você estiver forte, finja-se de fraco; se estiver fraco, finja-se de forte." E Teresa sorriu. O homem sentado na primeira fila também sorriu, ainda mais bonito nesse dia, de terno e gravata. Teresa olhou rapidamente para ele, afinal, o diretor-geral merecia uma referência, que ela fez, ressaltando a importância de sua presença no encontro. Ela não sabia que João só estava ali por causa dela. Se soubesse, talvez nem acreditasse. Ela só tinha uma meta: fingir que estava bem, fingir que não gostava tanto dele como gostava (as mulheres sempre querendo gostar muito mais do que gostam). Por isso, nesse dia, ela se dedicou exclusivamente ao assunto tratado: solas e solados. De terninho Armani (uau, querida, ainda bem que você tem também o seu Armani, pretinho básico, não? — Certa a resposta!), liderou as reuniões, foi brilhante nos apartes; ao fim da convenção, foi aplaudida e cumprimentada. Despediu-se de cada fornecedor, trocou cartões, agradeceu a participação de todos. Foi perfeita até o último momento.

Evento concluído, só lhe restava pagar as contas. Quando saía da secretaria do hotel, viu João.

— Mais alguma coisa? Estou te esperando para te dar uma carona — disse ele.

— Não precisa, eu pego um táxi.

— Eu quero. Vem.

Ela entrou no carro e logo ele colocou a música deles para tocar. Pela música, pela noite, pela adrenalina do evento, por tudo, Teresa desmontou.

— Você tem algum compromisso? — perguntou João.

— Não.

— Então avisa em casa que vai chegar tarde.

*

Era a primeira vez que saíam depois que ela soube que ele era casado. Algo estranho ela sentia. Já não era a mesma coisa. Tinha uma outra e ela não era a única. Ela sabia que podia se estrepar. Talvez ele não gostasse dela tanto quanto ela imaginasse. Talvez ela devesse gostar dele menos do que gostava. Apesar de tantas coisas no ar, ela achou melhor não fazer nenhum "interrogatório", expressão que João usava quando se referia ao "péssimo hábito" que as mulheres têm de fazer um monte de perguntas, em geral sem a menor importância, na hora e local errados. Além disso, era segunda-feira, e sexta ainda estava longe. Pelo menos dessa vez, conseguiu se conter.

— Se alguém deveria falar, era ele. É ele que é casado, não você.

— Sim, mas e se ele não fala?

— Ele vai falar; quando quiser, quando puder — parte dois, Fale com Ele.

Como não foi dessa vez (ou porque não quis ou porque não pôde), Teresa e João partiram para aquilo que entre eles era sempre o que dava mais certo: sexo. Sexo não exige palavras. Não precisa dos mesmos hábitos. Não precisa da roupa da moda. Não precisa da conta bancária. Sexo, para João e Teresa, só pedia uma boa trilha sonora, que João fazia questão de escolher. Então, foi com um som divino, entre sussurros e gemidos (naturalmente os dela, que ele quase não gemia, e se gemia, gemia baixo), que Teresa ouviu João chamá-la de "meu amor". Ela levou um susto, "meu amor"? Ele nunca a chamara assim, nunca. Ela ouviu bem? Não podia pedir a ele que repetisse; poder, até podia, mas não tinha coragem, seria de um ridículo absurdo, ela, uma diretora de *marketing*; devia era ficar com as palavras na memória, aquelas palavras, ditas com a boca trincada, "meu amor", "meu amor", "meu amor" (embora ele tivesse dito uma só vez). Foi então que ela resolveu falar, aproveitando "a deixa" — eram raras; talvez para sentir até onde ia e o quanto valia aquele amor (ah, mulheres... sempre querendo confirmações).

— Escuta, João, eu estou com um problema.

— Outro? O que foi? Posso ajudar? — ele parou o que fazia (mordia sua cabeça, como ela gostava — "ninguém nunca tinha feito isso em mim antes. É gostoso, dá um arrepio louco" e olhou para ela). — O que foi, diga.

— Eu acho que estou ficando apaixonada por você (mal sabia ele que essa frase continha no mínimo duas mentiras: "eu acho" — ela não achava, tinha certeza; "ficando" — o uso do gerúndio era mera figura de linguagem, pois Teresa já se sentia apaixonada desde o primeiro encontro). — O que eu faço?

João usou uma única palavra para responder a tão complexa pergunta: "Fica".

Com o aval dado, a diretora de *marketing* lançou-se ao diretor-geral: passou a língua nos seus ouvidos, passou sua língua pela boca dele, entre os dentes, na garganta, mordeu seu pescoço, beliscou sua pele, chupou seu pau. Fez tudo aquilo que aquele "fica" permitiu que fizesse. Sim, ela ia ficar e ele ia ficar também.

— Tudo vai dar certo — disse ele. — Tudo vai dar certo.

*

Não sei bem o que ele quis dizer com "tudo vai dar certo", mas de fato a frase caiu em mim como um poderoso tranqüilizante. Sim, tudo vai dar certo. Mas tudo o quê? O que você quer me dizer com esse tudo? Em que você está pensando quando diz "tudo"? Tudo engloba nós? Você? Você e ela? Você, ela e eu? Você, ela, eu e meus filhos? Você, ela, eu, meus filhos, nossos empregos? Você, ela, eu, meus filhos, nossos empregos, nossos problemas? Tudo o quê? Tudo: pronome substantivo indefinido; sim, substantivo porque substitui a palavra a que se refere, que não está presente (de fato, a que ou a quem João se referia quando disse "tudo vai dar certo"?). Indefinido, nunca vi classificação tão perfeita. Certo, no caso, advérbio, palavra invariável: o que é certo, é certo. Logo, tudo vai dar certo — frase indefinida invariável. E eu, que buscava o tempo todo definições, não tive coragem de fazer nenhuma pergunta à cata de qualquer resposta que fosse. Tudo, o quê? Certo, mas certo como? Eu precisava era sossegar as minhas dúvidas, as minhas agonias, as minhas questões existenciais, se quisesse ficar com aquele homem, assim acreditava naquele momento. De todo jeito, havia um consolo: "tudo vai dar certo", ele disse. Era o oposto do que eu sempre achei: ele não vai telefonar, eu não vou conseguir, ele não vai vir, ela não vai me receber, ele não vai me amar, ou seja, tudo vai dar errado. Eu, que tinha feito da minha vida uma soma de nãos; que tantas vezes era invadida por medos e frustrações; por um pessimismo, talvez hereditário, absurdo; por síndromes de todos os tipos — talvez pelos tempos atuais de tanta violência; agora, eu estava ali, completamente tranqüila, certa de que "tudo vai dar certo". Só quatro palavras, palavras tão simples, ditas no meio de uma trepada, entre gemidos e lençóis, tinham feito meu coração bater mais calmo e minha alma, mais tranqüila. Sim, tudo vai dar certo. Ah, Lucas, não há chamado melhor para o sono do que ouvir alguém te dizer com a voz mais serena do mundo: "Dorme, querida, dorme, tudo vai dar certo."

*

— Tudo tem que dar certo — diz Pedro Paulo.

Os investidores chegam esta tarde à SLC. A empresa borbulha. Se eles aprovarem, vai ser fácil chegar às cem lojas previstas. "O que seria feito em quatro anos, vai poder ser feito em dois", comenta um eufórico PP. Para a visita dos italianos, o chefe mandou "arrumar a casa". Pintaram as escadarias, colocaram plantas novas na recepção, esconderam os móveis velhos. A sala de reunião (ou auditório? O que você acha que fica melhor?) ganhou novas cadeiras e novas mesas. Zeca, como bom súdito, pediu a todos que viessem com sua melhor roupa: "Isso é muito importante, entende? Os caras têm que sentir que aqui tem gente moderna (moderna, moderna, moderna — a vida e o sucesso são dos modernos), gente legal, que faz e acontece, que sabe das coisas, entende?" Ele mesmo comprou um *kit* de maquiagem (francesa, claro) e mandou que todas as secretárias se pintassem no banheiro. As secretárias estão felizes.

— Pena não ser sexta-feira, assim eu ia direto para o forró do Azedo, linda, maravilhosa.

Elas não percebem o que se esconde por trás disso (a que você se refere, querida?), só sentiram a maciez do lápis de olho, muito melhor do que o nacional, os belos batons ("que tal fiquei?") e a delícia de um *parfum* ("vou pedir ao Zeca para na próxima viagem trazer um desses para mim, será que ele traz?"). Além do visual, a arrumação do salão também ganhou novo *layout*.

— A gente vende moda, Teresa, não dá para ter aqui uma menina como essa aí. Moda é environment, dá um jeito, some com essa menina.

E assim Marcinha foi deslocada para o andar de baixo. A justificativa é que é para ela ficar mais perto de Henrique, seu chefe imediato. Mentira. Marcinha "era visualmente pobre".

Teresa está vestida *à la* Gui, sua irmã, "para dar uma variada, que as minhas roupas estão mais do que batidas". Até o relógio — um Bulgari — ela pediu emprestado, sabendo da importância que um relógio tem (lembra? "Relógios e sapatos... o seu cartão de visitas no mundo moderno"). João também não deixou por menos: está de terno risca de giz; ele também se aprontou para o evento, embora finja que não. Henrique, de terno azul-marinho, satisfeito em poder se apresentar de forma tradicional: "Estou elegante, não estou? Você gostou... Podemos aproveitar depois que a italianada for embora, que tal, Teresa?". Rita está bacana, foi Zeca quem a produziu ("a programadora visual da empresa tem que estar up to date, entende? Você vende a imagem da empresa, Rita, sabe lá o que é isso?"). Zeca, naturalmente, está com sua fantasia de *stylist* — hoje, todo de branco, no estilo Grécia ("é a última moda, Milão inteira está de branco, como as casinhas da Grécia, bárbaro! Só de pensar, eu fico arrepiado, ai!").

— Tudo pronto, Teresa? Separou algumas coisas aí no computador para mostrar aos homens? A gente tem que impressionar, hein — diz Pedro Paulo.

— Tudo pronto — responde uma Teresa em pânico (melhor numa dessas tomar um Lexotan, querida, já que o medinho é tanto...). Nessa hora, nem para João ela olha.

— A que horas eles chegam?
— Devem estar estourando por aí.

*

Dito e feito. Os italianos chegaram. Teresa imaginou-os como uma gangue de filme, chegariam num grupo de quatro ou cinco, todos altos, magros, muito bem-vestidos em ternos de corte impecável; cabelos lisos, relógios de ouro. Os Poderosos Chefões. Al Pacino ao cubo. De repente, entram os homens. A empresa pára. Silêncio estarrecedor. Teresa vira-se. E vê. Vê: três homens baixinhos — um de camisa listrada, de manga curta; outro, de pólo surrada; e um terceiro, vestido com um terno vagabundo e gravata berrante.

— Não acredito. São esses os italianos? — comenta Teresa com Rita.

Pedro Paulo convida-os para a sua sala. A secretária traz uísque e gelo. "Hoje tem".

PP conta casos, dá risadas, parece o empresário do ano.

— Conhece o João? Ele é o novo executivo da empresa. Depois de mim, é o cara que mais entende de varejo no Brasil.

João também ri. A festa está só começando. Durante quatro dias, a SLC fará o que nunca faz: as lojas serão arrumadas, ficando prontas um minuto antes de os italianos baterem à porta, todos falarão baixo no escritório, chegarão pontualmente, bem-vestidos e bem maquiados, e a empresa será perfeita.

— *Va bene...* — diz Teresa. — Mas que podia pelo menos ter um italiano um pouquinho mais charmoso, podia. Pelo menos com cara de jogador de futebol, sei lá, até de mafioso, gângster...

— Que turminha pobre, hein, Teresa — comenta Henrique *à la* Zeca. — O cara não sabe nem vestir um terno; olha a gravata dele onde bate, brincadeira!

— Esses italianos parece que saíram lá do interior. A gente aqui esperando uns homões e chegam esses três frangotes. Pelo amor de Deus!

— Você queria o quê, Teresa? — pergunta Rita. — Aqui é assim, querida, nada é como a gente pensa que é. Vai ver esses italianos são clones... Cai na real!

O apart-hotel de João é pequeno e, como todo apart, não parece casa e sim hotel.

Na sala, um sofazinho, um abajur imenso, uma mesa e quatro cadeiras bastante feias, provavelmente compradas em alguma loja de móveis populares. A cozinha é estilo americano, digamos assim, aberta para a sala, e mínima. A cortina, levemente mofada, é tipo bandô e sempre agarra, como toda cortina bandô. Não há nada de aconchegante no ambiente, nada de pessoal. Parece que João quis deixar tudo exatamente como era, não trazendo nada de sua própria casa, a não ser suas roupas, um aparelho de CD pequeno, obviamente alguns CDs que vão e vêm, e objetos de higiene, tipo pasta de dente (Crest), creme de barbear (também americano), perfume (francês, lógico); sabonetes (ingleses, "os melhores do mundo").

— Quem disse que eu não comprei nada? Comprei os lençóis, os travesseiros, a colcha e as toalhas brancas, porque tudo da mulher estava abaixo da crítica — explicou ele a Teresa.

Então, ok, ele tinha comprado roupa de cama e banho e talvez algumas águas minerais, sem gás. No mais, tudo era neutro, amorfo, sem cheiro e sem cor (você queria o quê? Que mania tem mulher de querer dar palpite em tudo!). Sem qualquer vestígio do dono — nem que fosse um biscoito, uma almofada, um quadro, algo que indicasse, ou pelo menos sugerisse, a personalidade do morador; aquilo era um espaço para dormir. Para dormir e para trepar, que também ninguém é de ferro.

Teresa sempre estranhou que um homem de gosto tão sofisticado, "finíssimo" como diria sua mãe, leitor assíduo das "Casas e Jardins" nacionais e importadas da vida, não tivesse dado nenhuma melhorada no apart (atenção, querida, por que não se preocupa menos com o décor e mais com a linguagem, que é o teu job, que tal "up grade"? Use palavrinhas que estão em voga, não custam nada e caem bem). Então, ele, *a beautiful people*, acostumado aos *resorts* e hotéis cinco estrelas do mundo, profundo conhecedor dos melhores restaurantes do guia, viajante de primeira classe ("enquanto pessoa física e não jurídica", corrigiria), tinha, digamos assim, um lado simples, um lado guarapari, que podia se instalar em qualquer canto, dormir em qualquer cama (os pés ficavam sempre sobrando), ver qualquer televisão. Teresa se confundia, mais uma vez, como? Cada vez ele a deixava mais insegura, mais confusa. Sofisticado ou simples? Rico ou não tão rico? Amoroso ("meu amor") ou frio (ficava dias sem ligar para ela). *Who is he?* (bom... bom palavrinhas em inglês, mesmo que banais, dão um charme cosmopolita à coisa).

Apesar de tantas conversas, seguidas ou não de outras tantas transadas, boas ou não tanto (João sempre achava um motivo para justificar eventuais más *performances* e Teresa, sempre um bom motivo para desculpá-lo), Teresa percebia que ela continuava a saber pouco, muito pouco, da intimidade de João. E isso definitivamente a perturbava. Ela gostava dos detalhes, precisava sentir que dominava tudo o que o outro sentia: pensamentos, palavras, atos e omissões. Não saber era uma falha, uma lacuna imperdoável, perturbadora. Já havia meses, por exemplo, que ela freqüentava o apart e, durante todo esse tempo, a mulher dele não tinha aparecido ali — por que será? Será que ele e/ou ela não queria? Como podia uma mulher não ter a menor curiosidade de ver onde o marido morava, em plena cidade maravilhosa? Como podia não ter tido vontade de arrumar a casa, dar um jeito mais familiar, talvez comprar umas flores, encher a geladeira? Será que isso era um sinal de que o casamento estava no fim, ou apenas um sinal de maturidade, de que cada um cuidava de si?

Naquela noite, disposta a achar resposta para pelo menos algumas das suas aflições — "fale com ele" —, Teresa resolveu tomar coragem, respirar fundo e perguntar: "Eu precisava saber como era a mulher dele, em que pé andava o casamento, se ele pretendia ou não se separar; afinal, eu não ia agüentar aquela situação por muito tempo". Entende-se por "aquela situação" o triângulo amoroso que se formara, tendo Teresa num dos vértices, a esposa no outro (querida: existe palavrinha mais cafona do que "esposa"? Se for para correr o risco de ter que falar/ouvir essa palavrinha, despreze o buquê!) mas, enfim, no outro vértice do triângulo, estava ele, o tal, o homem de preto. Um triângulo equilátero, embora de forças tão desiguais (risque: frase absolutamente out e desprezível).

Assim, depois de fazerem amor, naquele "clima banzo" que se instala após o gozo, Teresa pegou uma revista na cabeceira, uma daquelas cheias de modelo de caras e bocas, todas elas lindas e maravilhosas, turbinadas, siliconadas, plastificadas (hum... tudo isso é inveja? Tome coragem e faça a sua também!) e fingiu ler. E aí, como se estivesse entretida com a revista, entretidíssima, resolveu dar início ao "interrogatório".

— Quem é ela?

— Ela quem? — João olhou para a revista, achando que Teresa se referia a alguma das mulheres publicadas.

— Ela, sua mulher. Eu não sei nada da sua mulher. Soube aquele dia que você é casado, vejo aí o seu celular tocando o tempo todo, e não soube de mais nada, você não falou nada.

— E para que você precisa saber? Não sei o que isso te interessa.

— Interessa, sim, João; óbvio que interessa. Eu estou tendo um caso, sei lá, namorando, saindo com você (Teresa tinha dificuldade em definir a relação, definição que para ela — que vivia de conceitos — era tão ou mais importante que a própria relação) e você é casado.

— E daí? Não sei o que uma coisa tem a ver com a outra. Mas vamos lá: o que você quer saber?

João visivelmente dificultava o "interrogatório", deixando claro que só responderia ao que Teresa perguntasse.

— Vai, pergunta — "ele estava me intimidando. Não tem nada pior, quando você quer saber alguma coisa, e a pessoa diz: vai, pergunta, pergunta. O réu vira vítima e você se sente o próprio torturador com o chicote querendo a revelação. João era um craque em estabelecer esse jogo, ele era o torturado e eu, a torturadora à cata de informações sigilosas que não me diziam respeito — era assim que eu me via".

Mesmo se sentindo acuada, Teresa resolveu seguir em frente:

— Primeiro, como é que ela se chama?

— Daniela.

— Quantos anos ela tem? — Teresa fez essa pergunta completamente à toa, achando que esse era só um dado pessoal sem qualquer importância na revelação do crime. Era só uma forma de prosseguir mostrando-se absolutamente à vontade, com controle total da situação, embora se sentisse como um carro em pista escorregadia.

— Anos?

João fez contas, pensou em datas, foi e voltou, e, encontrado o número, respondeu:

— Vinte e três.

— Vinte e três? — pronto, não havia mais nenhuma pergunta a fazer. Vinte e três anos, quase a idade de Maíra, não, ela não podia acreditar. Vinte e três anos — nenhuma estria, nenhuma barriga, nenhuma ruga, nenhum cabelo branco, nenhuma bunda caída, nenhum peito murcho. Vinte e três anos — nenhum desânimo, nenhuma depressão, nenhuma tristeza, nenhuma neurose. Nenhum pentelho branco. Vinte e três anos — nenhum filho, nenhuma separação, nenhum ex-marido. Vinte e três anos, porra! Vinte e três anos! Já sem coragem de continuar o interrogatório — coisas piores poderiam vir por aí (bonita, loura, alta, magra; sem barriga, culote, estria e celulite; peito grande e bunda firme), Teresa fez mais uma única pergunta, também naturalmente, como se não tivesse ficado nem um pingo abalada.

— E há quanto tempo vocês estão juntos?

João repetiu o processo, começou a fazer contas e mais contas, como se a resposta fosse das mais difíceis de se obter. Olhando-o envolto em tão complicada operação aritmética, Teresa já não sabia se era uma mania sincera de fazer contas (como a de certas pessoas, muitas pessoas, aliás, que, ao preencherem um cheque, param e pensam minutos a fio até chegar à data do dia, enquanto você espera ansioso na fila, sem poder manifestar toda a sua raiva, irritação ou pressa) ou uma forma de prepará-la para a bomba.

— Quanto tempo? — repetiu a pergunta. — A gente está junto? (e lá veio a bomba...) — Seis anos.

— Seis anos? — "Céus! Eu não conseguia acreditar, o homem com quem eu estava, que já era mais novo do que eu, vivia há seis anos com uma mulher que tinha quase a metade da idade dele. Como podia? O antenado, o descolado, o intelectual, o bem-informado, o que sabe de tudo, o que conhece o mundo, o que discorre sobre qualquer assunto (política, economia, esporte, literatura, ciência e artes plásticas, tanto faz, o *show* é sempre de milhão), o executivo bem-sucedido, namorar/amar uma mulher 14 anos mais nova?" — Quer dizer que você começou a namorar quando ela tinha 17 anos? É isso?

João recomeçou a refazer as contas... (não, por favor, não).

— É, 17.

— Caramba! — foi tudo que Teresa conseguiu falar.

Completamente nocauteada, ela virou para o lado e não disse mais nada. Droga que lá não tinha Lexotan nem qualquer outro remédio para dormir — executivos pragmáticos não precisam de sedativos, "para todo problema, existe uma solução; não vale a pena perder uma noite de sono por nada". Pelo menos, tinha aspirina (americana, claro!, "muito melhor que a brasileira"), que Teresa, sem ler a bula (óbvio, era em inglês), tomou — dois comprimidos, que um só era pouco para curar o baque.

*

Mesmo com a aspirina americana, Teresa não fechou os olhos. Passou a noite olhando João com inveja: ele dormia um sono profundo. No quarto escuro e sob o barulho dos ônibus que freavam incessantemente no sinal diante do prédio, Teresa pensava como podia aquele homem, que ela achava tão sábio, tão senhor de si, tão seguro, viver com uma mulher tão jovem e, naturalmente, tão sem base, tão sem cultura, tão sem história? Era assim que ela imaginava Daniela — quase uma adolescente, com uma bagagem infinitamente menor que a sua, e a de João também. Pontos, infinitos pontos. O que teria ele visto nela? Com certeza devia ser bonita, alegre, extrovertida (atenção, querida: mais que isso, ela deve ser fashion addicted). Teresa teve ciúme, muito. Ciúme de saber que ele vivia com uma mulher que tinha quase a metade da idade dela. Ciúme de saber que ele era um pouco pai, mãe, irmão e amigo dessa mulher; pagava as suas contas, orientava-a, cuidava dela.

— Isso já é a sua imaginação, Teresa.

— É que às vezes me dá um cansaço; no fundo, eu acho que eu queria alguém que me pajeasse, me tratasse bem, cuidasse de mim e dos meus filhos, estou cheia de ser chefe de família.

— Cuidado, Teresa, não queira fazer do seu namorado seu pai, sua mãe ou seu marido. Ele é apenas seu namorado.

E, talvez por saber disso (para quantos clientes Anita já deve ter dito essa frase?), assim que amanheceu, Teresa se levantou, trocou de roupa, pegou um táxi e foi para casa. Quem dera pudesse nesse dia não ir trabalhar, ficar em casa só pensando, até conseguir digerir todas aquelas estatísticas. "A gente devia ter esse direito, alguns dias por ano de folga por motivo de angústia, depressão, dor de cotovelo, desânimo, tristeza. Devia ser um motivo tão válido quanto dor nas costas, gripe, febre, pescoço duro. Por que só as doenças físicas são justificáveis?" Teresa tentou dividir o mal-estar com Maíra, que, dessa vez, não contemporizou e deu uma sonora gargalhada: "Mas não é panela velha que faz comida boa, mãe?". E, vendo que a mãe não achou a menor graça da piada (ah, a velhice...), tentou corrigir: "Estou brincando, mãe, mas que importância tem isso? Se ele está com você, é porque ele quer, não é não?". Devia ser; mas Teresa não tinha tanta certeza assim não. Ela pensava nos velhos ricos e barrigudos junto às ninfetas (de onde, querida, me diga, de onde você tirou isso? Esses já quebraram faz anos), lugar-comum nas colunas sociais. Agora, no entanto, a situação era outra: o assalto estava acontecendo dentro da sua própria casa, e não lá longe, num bairro que você não sabe nem onde fica. Mesmo se sentindo arrasada (ela nunca tinha imaginado que a competição fosse tão desigual), Teresa lavou o rosto, se maquiou, colocou uma roupa bem colorida ("as cores traduzem seu estado de espírito", diz o livro de cromoterapia, e nesse dia era preciso traduzir o oposto do que se sentia) e partiu para a avenida Brasil. Afinal, ela não podia faltar ao trabalho. A legislação não dá trégua para ciúme, dor de cotovelo ou dor de corno.

*

Daniela tem telefonado mais vezes para João do que costuma fazer. "Alguma coisa nele está diferente, ele nunca foi de ligar muito, mas está ligando menos vezes do que costuma ligar. Ao mesmo tempo, várias vezes que eu ligo, ele não me atende, estranho." "Não sei por que ela está ligando tanto, ela nunca me liga, será que ela está desconfiando de algo? Já coloquei o dinheiro na conta dela, o que será que ela quer?" Daniela não sabe se o que está sentindo é ciúme. Nunca foi de sentir ciúme de João. Nem ele dela. A relação deles foi sempre a chamada relação aberta, "cada um na sua, com alguma coisa em comum", como um *slogan* de gente *free*.

João conheceu Daniela numa viagem que fez a Maceió. À noite, ele e os amigos da B&C foram a um restaurante japonês (sim, restaurante japonês em Maceió!), e Daniela estava lá, com umas amigas, dando risadas. João não se lembra o que ela fazia na cidade, nem por que ria tanto, "isso foi há tanto tempo, sei lá". O fato é que ele gostou dela,

"ela parecia a Kate Moss, alta, magra, bonita, ela me chamou a atenção e, já que ela me deu bola, aproveitei", e acabou trazendo Daniela para São Paulo. Assim, na bagagem e na lata. Desde esse tempo, eles estão juntos. Como num pacto, Daniela aceita que João viaje sem levá-la — "trabalho, trabalho", e João aceita que Daniela saia com seus amigos sem convidá-lo — "ela pode ir à vontade, eu fico em casa sozinho, numa boa, nesse ponto sou que nem cachorro". E, assim, o tempo foi passando (querida: economize expressões como essa, expressões vagas, que não querem dizer absolutamente nada, só funcionam nos editoriais de moda e nos livros de auto-ajuda).

Este ano, Daniela e João estão mais afastados, porque ele (novamente) arrumou um emprego no Rio — parece que os cariocas confiam mais na capacidade de trabalho dos executivos paulistas do que na dos próprios cariocas. Como era de se esperar, na bagagem não veio a mulher. E, como também era de se esperar, ela não se importou em não vir.

— Mais uma vez a gente vai se encontrar só nos fins de semana.

— O que eu posso fazer? Não existe almoço grátis.

— Mas é que...

— Vamos ser mais objetivos, Daniela. Não adianta você ficar reclamando; tem trabalho para mim aqui? E a sua faculdade, você faz o quê? Então, se não tem jeito, melhor parar de chiar. A casa caiu. Onde eu estava não estou mais, e agora?

Agora, João trabalha em outra cidade e tem uma amante. Sim, ele nunca pensou nisso. Nunca foi de se envolver com mulheres, sexo definitivamente não é sua prioridade. "Fui sempre sossegado, já tive a minha fase de ir a lugares só para beijar na boca, mas isso passou faz tempo", diz ele. O encontro com Teresa, ele atribui ao acaso: "Sinceramente, eu não procurei, aconteceu, eu não imaginava que fosse acontecer." Sem entender muito como as coisas aconteceram, ele se envolveu com Teresa e agora vive com ela uma relação completamente nova, uma relação intensa, com uma mulher, como ele mesmo disse, "intensa", independente (pelo menos financeiramente) e cheia de histórias para contar (casamento, três filhos, três livros, etcetera e tal). A questão é que João ainda não sabe se não quer mais Daniela — "foram tantos momentos bons que dá pena acabar assim". Se depender dele, não acaba não. Ele vai levando. Talvez porque saiba que, sem a companhia daquela mulher, 14 anos mais nova, sem a companhia daquele sorriso despreocupado, dos milhares de batons e rímeis jogados na bolsinha de maquiagem e do cachorrinho branco, talvez ele envelheça alguns anos — e envelhecer é algo que definitivamente não faz parte dos seus planos. "Qualquer dia vou fazer uma lipo na barriga, vou tirar também esse papo debaixo do queixo, acho nojento isso, vou ficar com o mesmo shape de quando eu tinha 18 anos, você vai ver."

Assim, João vai levando a vida com as duas mulheres, tentando ser o mais "cordato e racional possível" (adjetivos para ele de grande valia).

— Um dia tudo se resolve, tudo vai dar certo — diz ele às duas.

Para o *e-mail* de Teresa, falando do seu ciúme e pedindo a ele que decida logo o que quer, ele responde: "Desculpe se eu chateio você. Mas eu não consigo pensar direito."

— Se você procurar respostas para as suas questões em João, Teresa, vai ficar sem resposta.

— É que eu também não consigo pensar direito, Anita.

Talvez se ela o aproximasse da família, talvez se ele visse em Lucas o filho que ele não teve (e, quem sabe, quisesse ter — como nos filmes americanos, nas cenas em que o homem desastrado frita um ovo para o garoto-prodígio, filho da namorada, de quem ele se torna aliado), talvez se ele gostasse de conversar com Flavinha, talvez se ele curtisse Maíra, talvez se ele se sentisse numa família moderna e achasse bacana fazer parte dela sem ser responsável por ela, obviamente, talvez se ele pudesse se chegar mais, se sentir mais em casa... talvez eles ficassem mais íntimos, mais apaixonados, mais... família?

— É estranho pensar numa pessoa que não tem ninguém, numa casa vazia; deve ser triste a vida dele, você não acha?

Teresa parece se esquecer de que, se há uma mulher e não há crianças, é simplesmente porque o casal, ou pelo menos um deles, não quis crianças em casa, filhos para quê, se *hay* cachorros? Ele estava absolutamente satisfeito com a vida que levava (estilo Peter Pan Paulista) e Teresa, cheia de laços, não conseguia entender isso. (Ora, Teresa, se você ainda lesse seus livros de auto-ajuda, veria que um dos teoremas mais repetidos é que uma macieira nunca dá os mesmos frutos que uma pereira.)

— Não pense por João, ele não pensa como você, você e ele são pessoas distintas — dizia Anita, numa linguagem menos frutal.

O que Teresa se perguntava, no entanto (romanticamente, talvez), é se João, um individualista tão exacerbado, um egocêntrico tão narciso, um solitário por vocação (só você para acreditar nisso!), um anti-social por natureza (quantos adjetivos, precisa de tantos, escritora?), seria ele capaz de ir à casa dela conhecer seus três filhos se não estivesse de fato apaixonado por ela? Diga: "Você seria? Você seria capaz?". Isso porque Teresa sabia que, para o executivo moderno, família era indubitavelmente o inimigo número um: "Porra, você vê, o Lima tinha uma puta vida, morava num puta loft, o cara é milionário, milionário mesmo, aí, pronto, o cara casou e se fodeu, tem trocentos filhos, vive no shopping, a mulher enchendo o saco, não deixa o cara nem ir ao Morumbi, fodeu; ele mesmo concorda, fodeu." Lima tinha passado para o lado de lá, feito gol contra, perdido o pênalti.

Mesmo com a derrota iminente, João tinha aceitado ir à casa de Teresa, jantar lá. Para Teresa, era um ótimo indício, indício de que em breve ele estaria comprando bonecos para Lucas e CDs para as meninas.

— Mãe, eu não sei se vou ficar aqui não.

— Por quê, Maíra?

— Porque não tem nada a ver.

— Como não tem nada a ver? Fica, vai. Convida o Alex; sem vocês, vai ficar muito sem graça.

— Com a gente também. Não sei por que você não combinou de ir jantar fora.

— Porque eu queria que João conhecesse vocês e vocês conhecessem ele.

— Para quê, mãe?

— Para ele saber que eu não sou só o que ele acha que eu sou, eu tenho uma casa, tenho vocês. Já sou uma mulher, entende?

— E você acha que ele não sabe disso não?

— Talvez, mas é melhor ele ver.

— Ele está interessado nisso tudo aí ou está interessado em você?

— Ai, vai, Maíra, eu já convidei, ele vem. Você vai ficar ou não?

— Vou ver, vou falar com o Alex, depende dele.

— Ok, você quem sabe. Mas fica, vai, por favor. E confere tudo aí para mim, eu vou chegar com ele, vê se a casa está legal. A mesa, as flores, se está tudo limpo, se o tapete está direito, vê a roupa do Lucas, dá uma olhada no banheiro...

— Chega, mãe. Melhor ele ver como você é, como é a nossa casa. Não é para isso que ele vem aqui?

— Tudo bem, então (Teresa se sentia ridícula diante do equilíbrio de Maíra). Mas você fica, não fica?

*

Foi estranho o jantar. João é cerimonioso e eu também. Acho que ele não chegou nem a ir ao banheiro. Jantamos todos juntos, menos Lucas, que já tinha comido com a Rosa. João foi simpático com as meninas, falou de música, filmes, Londres. Ainda bem que o Alex ficou; assim, quebrou a ala feminina e eles puderam falar de futebol, rock e outros temas ditos masculinos. Depois do jantar, Lucas insistiu em me chamar mil vezes para ir a seu quarto brincar com seus dinossauros. João não conseguiu encostar no menino. Ignorou. Acabei tentando trancafiar Lucas no quarto, de onde ele tentava escapar a todo custo. Só quando João foi embora é que consegui fazê-lo dormir, claro, com a mamãe ao seu lado. Enquanto o sono dele (não) vinha, eu pensava que um homem que eu pouco conhecia tinha-me feito guardar meu filho no quarto.

— Nada, mãe; ele não é nada — foi o que Lucas me disse quando eu perguntei o que ele achou de João.

Fiquei pensando nisso, "nada, ele não é nada". Talvez Anita tenha razão. Eu me deixo invadir pela paixão. Foi assim com Fernando, foi assim com Luís, está sendo assim com João. Perigo, perigo! Mesmo com a placa sinalizando, eu continuo a viagem, sem olhar para os lados, sem diminuir a velocidade, sem tomar atenção. Cega. “O problema é que o amor não mora na razão”, diz a taróloga. O amor não mora na razão, repito aliviada. Tudo pode dar certo, então. O amor (ainda bem!) não mora na razão.

*

João chega a São Paulo com uma leve enxaqueca, “deve ser daquele cu de empresa, só tem pepino, impressionante!”. Daniela está em casa, fazendo trabalhos da faculdade com uma amiga. João repara na amiga, bonita, quem é? Daniela apresenta: “João, você conhece a Camila?” “Oi”, “oi”, “tchau”, “tchau” (Camila já está de saída). João passa para o quarto. Vai logo desfazendo a mala, separa as roupas limpas das sujas, as cuecas das camisas, guarda as coisas pessoais no banheiro.

— Vamos ao cinema? — pergunta Daniela.

— Vamos. Deixa só eu tomar um banho.

— Que filme você quer ver?

— Escolhe o que você quiser. Para mim tanto faz.

Daniela se surpreende com tamanha gentileza. Era culpa, ela sabia que era culpa. Logo ela pensa na conta de telefone, nas ligações para o Rio que ela viu — tantas e de tanto tempo. Quem era? Foi logo pegando a conta e perguntando.

— Escuta, de quem é esse número de celular?

— Opa, agora você abre correspondência minha?

— Qual o problema? Eu sempre abri as contas.

— Se abriu, não sei por quê; é você quem paga?

— Vai, João, não disfarça, você está com outra pessoa? Tem mil telefonemas para o mesmo número.

— Claro que não. E você, onde você estava ontem que eu liguei e você não atendeu?

— Fui à festa do Marquinho.

— Puta que pariu! Você foi de novo à casa desse babaca... (João sentiu ciúme. Detestava Marquinho, tinha visto muito bem na última festa como ele olhou Daniela; ao mesmo tempo, sabia que ela gostava do jeitão dele, cheio de tatuagem, meio malandro — o oposto de João. Ficou quieto, abriu mais a ducha (yes!), falou um palavrão qualquer.)

Percebendo a irritação do marido (para Daniela, marido; para o marido, no máximo namorada — "casar, nem pensar!"), ela achou melhor suspender o "interrogatório" — sabia que corria riscos e era melhor evitar qualquer suspeita e desgosto, afinal, a conta do cartão também tinha chegado. Tirou imediatamente a roupa e entrou rapidamente no chuveiro.

— Que novidade é essa?

— Por quê? Não posso mais? Antes você gostava — diz Daniela.

— Eu ainda gosto. Vem cá.

João pegou a esponja, passou nela o sabonete (cremoso e inglês, que "a espuma de sabonete brasileiro é uma merda") e começou a esfregar o corpo da mulher que parecia mais um manequim de loja. O corpo dela era bonito, e ele gostava de saber que tinha uma modelo em casa, desfilando só para ele. Daniela também achava gostoso, "massagem sempre é bom, não?". João deixou a ducha cair bem forte, era preciso não pensar em nada, aproveitar aquele momento, "depois de uma semana caceta no Rio, um calor da porra, eu mereço isso". "Que gostoso", disse Daniela, "que gostoso", repetiu. E foi com água caindo pelo rosto que eles fizeram amor. Não como nos velhos tempos, é verdade, mas, de qualquer forma, fizeram, um sexozinho meio vagabundo, mas de todo jeito útil para aliviar os problemas, as contas e as traições.

Ao saírem do chuveiro, o casal se enfeitou para a noite. João vestiu uma calça bem bacana, Diesel claro, e seu melhor casaco de couro, Armani — *of course!* Daniela, por sua vez, colocou uma blusa transparente Roberto Cavalli e uma saia Dior, bem curta. Uma botinha de couro, para ele, comprada na Inglaterra; uma bota cano alto, para ela, legítimo croco. Vestidos, os dois se olharam no espelho e cada um perguntou a Narciso: "Espelho, espelho meu, existe alguém mais bonito, mais chic e mais fashion oriented do que eu?" E Narciso respondeu em alto e bom som: "Não, queridos, vocês são um casal deveras up to date, uma griffe em pessoa. Podem partir para a night; don't worry, be happy!"

*

João e Daniela no Spot. O bar está cheio, a paulistada gosta do Spot. Parece Nova York. Muita gente, muita fumaça, muito cara rico, muita camisa de cavalinho, muita menina bonita. Daniela está linda. João se sente bem ao lado dela. Ele também está poderoso, mas ela não se sente tão bem quanto ele, preferia estar com um cara mais novo, ou então mais rico, um Diniz, por exemplo. Apesar do banho e do sexo, a relação já não é a mesma coisa. Os dois sabem disso. Mas ninguém quer mexer nisso não. "Para mim, está limpo, vamos ver como é que fica", pensa ele, "melhor ficar como está", pensa ela, "não tenho nem como tocar nessa história, meu estágio não paga nem minha roupa, melhor ir levando". Sem assunto, os dois bebem. Daniela encontra um amigo da faculdade, começa a conversar com ele, o menino está fresquinho, João sente um ligeiro mal-estar. Talvez sem querer admitir sua fragilidade, prefere pensar que "são os problemas daquela empresa de bosta no Rio, com certeza", conclui ele.

— Vamos embora, Daniela.

— Agora, João, agora que ficou legal?

— Se você quiser, fica. Estou indo.

— Você me leva, Caio?

— Óbvio — falou o fresquinho.

— Então, João, pode ir; eu vou com o Caio.

João rapidamente sai, deixando para trás Daniela. Ele

não sabe o que pensa, melhor não pensar. "Foda-se". Liga para Teresa.

— Oi, onde você está?

— Em casa, e você?

— Também. Estou com saudade de você.

— Que bom, eu também. E aí? (com aquelas duas palavrinhas, Teresa pretendia ouvir a mais longa das respostas, a resposta definitiva, proparoxítona, conclusiva... que, obviamente... não veio.)

— E aí nada. Só liguei para falar isso. Um beijo, então.

— Outro.

— Tchau.

*

Socorro! Não consigo dizer o que penso. Não consigo expressar o que sinto. Tudo me parece ridículo, frágil. A palavra, o amor. Nada tem consistência. A palavra não vale o que tem que valer, a gente não acredita nela — nem quando fala, nem quando escreve, nem quando ouve. Uma palavra mal dita pode ser imediatamente corrigida: "desculpe, eu não quis dizer o que disse, me expressei mal, fui mal interpretado, deixe-me explicar melhor". O amor, também, não sei o que vale, se é que vale alguma coisa. A gente acha que ama, acha que é amada, e de repente pode acontecer uma coisa qualquer e tudo vai pelo ralo, desce, desaparece, acaba. Não sei o que vale menos: a palavra ou o amor. Não sei se João gosta ou não de mim, o quanto gosta, se gosta. Ele parte, todas as sextas-feiras; se gostasse, não iria; estou errada? Ele não me telefona, e, quando telefona, fala cinco palavras e desliga. Eu finjo que está tudo bem, é isso aí, não temos mais nada mesmo para conversar. Está, está tudo bem, está, está tudo muito bem. Fingimos loucamente. Fingimos barbaramente. Fingimos o tempo todo. Finjo ser o que não sou, exatamente como fazemos na SLC. Fingimos, pessoa física e jurídica. Uma tal qual a outra, uma espelho da outra. Fingimos, indivíduo e nação. Metonímia e metáfora, tudo se confunde. Parecer ser é mais importante que ser. Somos todos uns mentirosos, uns fingidores, fingimos ser o que não somos, com medo de que a revelação de nossa verdadeira identidade acabe com tudo. Destrua tudo. Jogue-nos no chão, nus, entregues, pedindo socorro desesperadamente, despudoradamente, e aí, só aos anjos e santos, abriremos nossas almas. Disfarce, querida. Disfarce a ruga, disfarce a barriga, disfarce a tristeza, disfarce. Disfarce o defeito, o desafeto, a raiva, disfarce a depressão, a tristeza, a angústia, a perplexidade. Disfarce tudo: da pobreza à riqueza. Não fica bem ser o que é. Disfarce.

(*"How many rooms do you have in your house?"* E eu mentia, tinha vergonha da minha casa ter tantos *rooms*, enquanto a dos outros só tinha dois ou três quartos.)

Mentimos, desde pequenos, mentimos. E continuemos assim, fingindo, vida afora, fingindo. Finja que não está sozinho — pior ainda se for sozinha —, finja que não está sem dinheiro, finja. Finja o desejo, a paixão, o prazer, o ódio, finja o orgasmo que não teve, finja a brochada, não foi nada. Finja, meu amor. Erga um pouquinho o queixo, dê um sorriso, levante os olhos. Finja que está tudo bem, que ele trepa como ninguém, que é um macho e tanto. Finja, finja que ela é uma gostosa, mulher perfeita, foi tudo ótimo, claro que foi, foi sim. Comida maravilhosa, foi você quem fez? Ai, eu adorei, estava louca para ganhar isso. Prazer, prazer te conhecer. O prazer é todo meu. Finjamos todos. Vai tudo bem?

— Você deve acreditar nos seus sentimentos, isso é o que importa, o referencial deve ser você.

— Sim, mas a dúvida não é sobre mim, é sobre ele. Numa noite, no apart dele, a gente estava na cama, o celular tocou. Ele foi atender na sala. Eu fechei a porta do quarto, numa atitude politicamente correta. (Correta? Devia, sim, ter aberto ainda mais a porta, chegado mais perto, tentado escutar o que ele dizia, imbecil!)

— Você cede seu lugar com muita facilidade e, quando percebe isso, tem raiva. Por que cede? Não ceda.

— Não é tão fácil.

(Boazinha, seja boazinha. Deixe sua irmã sentar. Dê a bala. Seja boazinha. Deixe as amigas assinarem o trabalho que não fizeram. De que você ainda se queixa, logo você, que tem tudo? Olhe os mendigos, os feridos, os doentes; olhe os paraplégicos, os deficientes, os condenados; olhe os órfãos, as mães que perderam seus filhos; você ainda tem coragem de reclamar? Olhe os pobres, os miseráveis, os coitados dormindo embaixo da ponte. Olhe lá longe, do outro lado do mundo, olhe essa foto, os famigerados, os famintos, os mendigos. Você ainda tem coragem de entrar com uma ação contra o pai do seu filho só por causa de dinheiro? Olhe os que são vítimas de atos terroristas, morrem sem saber por quê, em um trem indo para o trabalho. Olhe as vítimas da chuva, as vítimas do maremoto, tsunami. Isso sim, isso sim é triste. Não seja leviana. Não brigue por dinheiro. Não chore por mim, Argentina. Deixe os outros te sacanearem, não te pagarem, te traírem. Deus está vendo tudo e dele é o juízo final.)

Por um momento, fico furiosa. Mas só por um momento, que a ira é pecado capital dos mais graves.

*

Daniela e João estão em casa, pegando sol na *jacuzzi* da varanda. João lê o jornal, como sempre faz aos domingos. Daniela lê revistas femininas. Não é preciso conversar. Talvez não haja nem o que conversar. Entre uma página e outra, um dá uma rápida conferida no outro. "Essa mulher continua bonita, cada dia mais bonita, a filha da puta!" "João está com uma barriguinha, agora vai piorar cada vez mais".

— Escuta, João, vamos comer uma saladinha no clube?

— No clube? Aquilo é o pior dos mundos, você não quer ir àquele restaurante tailandês? Está falando dele no jornal hoje.

— Não queria, mas se você quiser, eu vou.

Daniela se levanta, pega um refrigerante *diet* na minigeladeira instalada na varanda. O conforto é total na casa cor toda branca. João não percebe nem o movimento da mulher. Talvez seja por isso que eles estejam juntos há tanto tempo: Daniela anda sem fazer barulho, pouco fala, ele nem saberia que ela está ali se estivesse sem óculos. Dizem que o cão é como o dono, aqui parece o inverso. Daniela é como o cão. O cão não faz xixi no chão, não sobe no sofá, não late, não tem pulgas. É um cão sem pulgas que desliza pela casa sem perturbar o dono. Daniela é como o cão: ela também desliza pela casa sem perturbar o dono. O máximo que faz é lhe pedir que pague seu cartão de crédito e transfira dinheiro para a sua conta-corrente. Mas isso, cá para nós, nem trabalho dá, "você faz pela internet, num instantinho e pronto".

— Vou me arrumar.

— Está com pressa, por quê? Vem cá, o sol está bom.

Ao lado da piscina, João come Daniela. O cão sem nome, branquinho e sem pulgas, assiste à cena. Daniela, caninamente, dá um gemidinho, mas no fundo pensa que aquilo não tem mais a mesma graça. Bem que Caio, o amigo da faculdade, tem muito mais energia. "Também, João, quarentão..." Para João, também, está "meia bomba". Rapidamente lhe vem à memória Teresa, o sexo feito caprichosamente, o tesão dela por ele, o prazer de experimentar coisas novas, a sensação de querer agradar à mulher mais experiente. A *jacuzzi* talvez já tenha cumprido sua missão. "Tudo tem um tempo", ele pensa. De todo jeito, valeu. De todo jeito, ele comeu ("ainda bem que não brochei, nada como trepar de manhã"). De todo jeito, eles ainda estão casados. Ótimo para os dois. "Melhor garantir até que tudo se clareie", pensa ele com a cara virada para o sol. "Não dá para chegar ao Rio segunda e ver todo mundo queimado; ainda bem que tem esse terraço e essa jacuzzi, foi do caralho ter feito isso aqui."

*

Contrario as regras e telefono para João em pleno fim de semana.

— Oi, tudo bem?

— Tudo; o que houve?

— É que eu preciso saber, você não fala, eu preciso saber.

— O que você precisa tanto saber?

— Quero saber se você vai ou não se separar; se a gente vai ficar sempre assim.

— Já não disse que vou?

— Mas vai quando?

— Quando der.

— Você ainda transa com ela?

— Não.

— Mas, então, ela dorme onde?

— Meu apartamento é grande, já falei, mostrei até fotos, ela fica na outra ala.

— Como assim?

— Pára com esse interrogatório, vai.

— É que me dá aflição você não falar.

— Não falar o quê, meu anjo? Já falei. Não tem mais o que falar.

— Onde você está?

— Em casa.

— E ela?

— Saiu com uma amiga.

— Você já falou para ela?

— O quê?

— Da gente, ué.

— Por que eu precisaria falar? Por que você não vai à praia? Vai dar um mergulho, pega um sol, você fica bem queimada.

— Eu vou, daqui a pouco eu vou. É que eu acordei assim, angustiada.

— Não fica não. Aproveita o dia. Tudo vai dar certo, você vai ver. Mais tarde eu ligo, está bom?

— Escuta, você gosta de mim?

— Claro.

— Eu estou apaixonada por você.

— Que bom. Está mais tranqüila, meu amor?
— Estou (quem dera...), mas me liga depois, certo?
— Um beijo e um bom dia.

*

Filho da puta que fica com ela e comigo. Filho da puta que não me liga. Filho da puta que vai embora toda sexta-feira sem ao menos me dizer que morrerá de saudades. Filho da puta que divide a cama com outra mulher que não eu. Filho da puta que comemora o seu aniversário com a mulher e os amigos, longe de mim. Filho da puta que não me telefona todas as noites. Filho da puta que atende às vezes o celular dela, falando baixinho, fingindo que não ouviu o telefone tocar, que estava no banheiro, que estava dormindo. Filho da puta que mente, e se mente para ela, deve mentir para mim também. Filho da puta que não me conta nada. Filho da puta que não me dá conta de nada. Filho da puta que não diz que gosta mais de mim do que dela. Filho da puta que não diz que está apaixonado por mim. Filho da puta que não diz que vai ficar comigo para o resto da vida. Filho da puta que não quebra. Filho da puta que quando está comigo me ama tão bem e tanto, que me faz esquecer do quanto ele é filho da puta. Filho da puta, filho da puta.

*

— Escuta, Daniela, resolvi: vamos mesmo para o clube.

— Como assim, você não queria ir ao tailandês?

— Queria, mas não quero mais. Vamos para o clube.

— Agora que tomei banho? Por que você mudou de idéia?

— Por nada. O Chicão ligou, disse que o pessoal está todo lá, me chamou para fazer uma dupla com ele.

— Ele que ligou agora no celular?

— Foi.

— Por que ele não liga aqui para casa?

— Sei lá, pergunta para ele (pegando as coisas). Você vai ou não?

— Não.

— Vai fazer o quê?

— Não sei.

— Então, tchau.

Dá um rápido beijo em Daniela e sai. "Melhor desligar o celular."

*

No clube, João joga sua quarta partida (Manual do Moderno Executivo, página dez, parágrafo três: "jogar tênis é essencial para qualquer executivo bem-sucedido, dá status e libera stress; considere o Roland Garros o campeonato mais importante, saiba tudo sobre ele, isso lhe dará infinitos pontos de vantagem em relação aos concorrentes que só sabem de futebol, esporte medíocre, popular e decadente").

— O que aconteceu, cara? Está a fim de se estourar? — pergunta Chicão.

— É para não pensar.

— Vai mais uma?

— Quantas você quiser.

— Só para dar um break: a mulher pediu para o cara apagar a luz e chupar. De repente, um grito. A mulher apavorada pergunta: "o que houve?" "Ué, você não me pediu para apagar a lâmpada e chupar? Foi o que fiz, ufi, ufi, ufi".

João ri.

— Então, vamos mais uma? — confirma Chicão.

— Para mim, está limpo. Eu não quebro não. (Se Teresa estivesse por ali, talvez percebesse que João volta e meia repetia frases, histórias. Clichês. "Não quebro não" — esse era sem dúvida um de seus slogans preferidos.)

*

— Ralph Lauren, é isso!!! — diz Zeca eufórico. — Pega as fotos da coleção passada do Ralph Lauren, pega, Teresa! Vamos fazer as nossas fotos nesse mesmo estilo. É simplérrimo: é só a gente arranjar um local assim, paradisíaco, tipo Riviera Francesa, cheio de casinhas brancas, um barco imenso, arranja uma bandeira da França que a gente coloca no mastro, vai ficar o máximo, um marinheiro tipo alemão, assim, louro, quase branco, um rosto angular, bem sisudo, e seis modelos bárbaros, três homens e três gatas, todos com cara bem branca, uns chapéis (sim, foi isso que ele disse), ah, as meninas têm que topar fazer topless, hein, e pronto, a gente faz a foto.

— Mas e os sapatos, vão aparecer no barco? — pergunta Teresa a Zeca.

— Quantas vezes, Teresa, eu vou ter que falar que o produto pouco importa? O negócio é o comportamento, a cara das pessoas, saca? Uma foto tipo Banana, aquela coisa, (???) isso é que vale. A cara das pessoas, tem que ser cara de gente rica, entende? De gente que sai de barco sem ter com que se preocupar.

— Tudo bem, mas e os sapatos? O Pedro Paulo falou que...

— Deixa que eu me entendo com o Pedro Paulo. Ele deve ter se esquecido das fotos do Ralph Lauren.

— Tudo bem, mas eles não vendem só sapatos...

— Mais um motivo, darling! Vê se decola, sai do chão! De Milão a Nova Iguaçu, sapato é tudo igual. Voa, menina! Pode produzir. Eu vou levar meu cachorro, meu cachorro está super na moda, você precisa ver quando eu saio com ele no meu carro, uau, é a coisa mais linda, o vento batendo no pêlo dele, não há quem não olhe, é incrível!

— Cachorro, Zeca? No barco?

— Why not? Se ele anda de carro, que diferença faz? Você nunca viu passeio de rico em barco? Tem sempre um cachorro, e grande — que rico gosta de cachorro grande, você sabe, quanto mais grande, melhor (*yes*, *baby*, mais grande...); cachorrinho tipo poodle é coisa de veado... O Dog vai ficar perfeito! Faz o seguinte: marca a foto para o próximo sábado em Angra. Vai ser tudo de bom, você vai ver!

— E os sapatos, afinal? Quantos eu levo?

— Nenhum. Eu quero todo mundo descalço.

*

A reunião com Zeca acaba e nada de João. A mesa do diretor-geral está vazia. Teresa estranha, vai até o banheiro, telefona no celular.

— Oi. Por que você não veio trabalhar? Aconteceu alguma coisa?

— Decidi ficar em São Paulo, vou ver uns fornecedores por aqui.

— E você vem quando, então?

— Talvez quarta (Teresa não agüenta: "quarta, talvez?". Ela vai ter que esperá-lo até quarta?).

— Sabe de uma coisa? Eu não agüento mais. Assim eu não quero mais.

— O quê?

— Eu não agüento, eu não agüento não saber de você. Saber que você está aí com ela. Eu não agüento você não falar comigo.

— Estou falando, não?

— Porque eu liguei, se não, você nem ligava.

— Eu já disse, estou resolvendo, calma.

— Você já falou isso mil vezes e nada aconteceu. Enchi.

— Você tem certeza?

— Tenho. Comigo não dá. Eu não estou agüentando mais. Enchi, já disse. Tchau.

Teresa desliga o celular e entra no escritório. *It's showtime!*

— Teresa, você sabe do João? O Pedro Paulo está no telefone querendo falar com ele.

— Eu, Marcelo? Por que eu ia saber? Não tenho a menor idéia de onde ele está. Manda ligar no celular dele.

— Você sabe o número?

Teresa disfarça, busca a agenda, dá o número, embora soubesse muito bem que poderiam ligar à vontade, que João não atenderia. "Não atendo mesmo. Na maioria das vezes, é merda o que esses caras querem. Então, para que eu vou atender? Se não estou lá, é porque acho que não preciso estar. Eles que se virem" — Manual do Moderno Executivo, página zero, parágrafo zero.

*

"Nossa história dá um puta romance...". Acho que é difícil a realidade virar história, sobretudo história boa. Eu não consigo ser como os romancistas clássicos, que escrevem histórias com "e", criam fatos e personagens, descrevem situações com detalhes incríveis, formulam extensos diálogos. É muita realidade para a minha cabeça cheia de pontos de interrogação. Não consigo jogar a vida no chão, nem a palavra. Seguir os estágios da jornada do escritor. Não, não sigo. "Era mais importante que eu aprendesse a usar minhas mãos que minha cabeça. Na minha terra, as mãos produzem trabalho e a cabeça só produz confusão." Sim, Mestre Vitalino, eu também preciso escrever para me salvar. Escrever para me salvar. Escrever para me salvar (repetir isso várias vezes por dia).

*

São 11 e tanto da noite. Daniela chega em casa; João vê um filme no *home theatre*, recostado em sua imensa poltrona de couro, como se estivesse voando de primeira classe ("puta poltrona boa, do caralho"). Ela entra, passa por ele, ele não diz nada. Ela se volta e fala:

— Escuta, sabe de uma coisa? A gente não tem mais nada a ver.

— Não? (cinicamente) Posso saber como é que você chegou a essa conclusão? E por que você entrou nessa logo hoje, que estou em casa?

— Você queria que eu falasse quando? Quando você está no Rio? Você quer determinar tudo, hein. Enchi, bacana, a gente está só morando junto.

— Vai me dizer que você queria casar de véu e grinalda?

— Você sabe que não é isso que eu estou falando. É que não tem mais nada a ver, bacana. A gente costumava sair, transar, conversar, se divertir, e hoje nem isso a gente faz.

— Claro, se eu estou morando no Rio e você, em São Paulo, fica difícil ir ao cinema toda noite, não fica não?

— Mas e hoje? Fiquei horas esperando você e você não apareceu.

— Hoje é exceção, não deu, não estava a fim. Posso?

— Escuta (rendida), você está com outra pessoa, não está?

— De novo? Por quê? (defendendo-se) Aonde é que você quer chegar?

Daniela começa a tirar a roupa. João a observa. Apesar de tanto tempo juntos, o impacto é o mesmo: cada vez que ele olha aquela mulher nua, ele se deslumbra com a beleza dela. Corpo perfeito de dar inveja — ele sabia o quanto isso pesava na sua decisão de ficar "casado".

— Eu tenho certeza de que você está com outra mulher no Rio.

— Você está louca (depois de ver Daniela completamente nua e de sentir mais uma vez orgulho por ser dono daquele corpo — certamente, os amigos, casados com quarentonas, o invejavam, ele, com uma "carne tão fresca" —, era conveniente tentar corrigir as coisas). — Deixa de ser ridícula.

— Ridícula? Então por que você não larga esse celular?

— Porque eu trabalho no Rio, os caras que estão pagando isso aqui moram lá e podem querer falar comigo. Tem alguma coisa de errado nisso?

— Falar com você à meia-noite? Ah, essa é boa! Enchi! Enchi de você, sabe como é?

— E aí, você quer fazer o quê, além de ficar falando "enchi"?

— Não sei. Só sei que a partir de hoje eu decidi: eu não vou mais dormir com você. Não vou mais dar para você, entende, bacana? Me comer, você não vai mais me comer. Não sei onde você está andando, não sei qual é a tua, melhor eu me prevenir. Quer saber? Estou fora, forex.

— Ah, é assim, é? Então, vai, cai fora, mas cai fora agora mesmo, menina (com raiva; rejeição sempre o incomodou, ainda mais vindo daquela mulher, cria dele). Te manda. A porta está aberta.

— Se eu tivesse para onde ir, eu ia agora. Vou deixar bem claro: eu só não me mando porque não tenho como me bancar. Ainda. Mas quando eu tiver, pode saber, vou. Mas você sabe, bacana, você me tirou lá de cima e eu não tenho nem como voltar para lá. Então, até eu arranjar um canto, vou ficar é por aqui mesmo (Daniela falava nua, "de propósito, só para sacanear". Ela sabia o que o corpo dela representava para João. E ele também sabia), e me respeite, se não, a sua situação vai ficar complicadinha, hein, afinal, a gente está junto há seis anos, a relação já é mais que estável; você viu aquela matéria ontem na Folha, não viu?

— Qual é, menina? Não fode! (agredir era a única solução possível diante daquela imagem perfeita: peito grande, como ele gostava; barriga definida; cintura de menina, sexo bem raspado, quando não, bela penugem, e a bunda, "puta bunda gostosa" — Daniela era linda, "a filha da puta", ele sabia disso, gostava disso, e mais que tudo, precisava disso). — Você está pensando o quê? Que está me ameaçando?

(Lembrando: um *fashion oriented* precisa ter ao seu lado uma bacana, uma também *fashion oriented*, plugada, antenada, definida, que faça musculação, que faça Pilates, que tenha um *personal*, que use rímel Chanel e batom MAC, creme Shu Uemura, óculos Armani, protetor labial Body Shop, sapatênis Prada e chinelo Birkenstock, que use tudo isso e por fim diga "gosto das coisas pela qualidade ou design, não pela marca". E agora, toda aquela beleza, toda aquela marca que ele ajudou a construir, com seus dólares e seus reais, "ela ainda faz faculdade, sei lá, de vez em quando faz uns eventos, uns desfiles, mas isso de vez em nunca", toda aquela modernidade estava ali, na cara dele, avisando que não ia estar mais disponível — nem para o seu currículo, nem para o seu salário, nem para o seu pau, nem para a *night*, quanto mais para as reuniõezinhas da empresa, em que a sua bela perna dava a João pontos e mais pontos).

— Não estou pensando nada. Acho que já deu o que tinha que dar. Só isso — falou Daniela calmamente, quebrando o tom a essa hora para lá de áspero de João.

— E isso você pensou de uma hora para outra, assim?

— Não, João, desde que você foi para o Rio, a coisa está cada dia pior, e você sabe disso. Você finge, mas sabe. Você está cada dia mais esquisito. Quer dizer, esquisito você sempre foi.

— Não fode.

— Mas agora está mais. Se não tem outra mulher, então, eu não sei o que tem. Vai ver tem outro homem...

— Vá pra puta que pariu!

— Estou brincando. De todo jeito, não está mais legal. Hoje eu esperei duas horas e você não foi capaz nem de ligar no meu celular.

— E por que você não me ligou?

— Eu liguei, mas você não atendeu; você fez o que costuma fazer com todo mundo. Só que eu não sou todo mundo.

— Ahhhhammmm... — João resolveu sacanear.

— E eu estou com você há muito tempo para sair assim com uma mão na frente e outra atrás.

— Ok, já entendi, não precisa ficar com ameacinha. Eu não tenho medo de você. Agora, que você já me encheu bastante, posso ver meu filme em paz?

João aumenta o som do DVD ("ouvir duas mulheres falarem para você 'enchi', na mesma semana, é de foder") — ainda bem que o filme era de guerra e os tiros ecoavam pela casa ("puta som fodido!"). Enquanto isso, Daniela fazia sua vingança: nua, passava diante da televisão, transferindo suas roupas da suíte do casal para a ala B do apartamento, o único quarto vermelho do apê branco, igual ao da Elle (francesa, lembre-se!).

— Me comer, você não vai mais.

— E eu lá quero?

— Até alguns minutos atrás, que eu saiba, queria. Se bem que eu acho que isso não é o seu forte mesmo não. Seu negócio é business, não é?

— Opa, como você está pensante! Discursinho cretino de universitária engajada, mas que adora uma calcinha de cem dólares, não é, Daniela?

— O negócio agora é o seguinte, aprendi com você: um mais um igual a dois. A grana que ergue e constrói coisas belas.

"Preciso falar com o Chicão, ver como é que fica essa história, assalto armado não vou permitir não", pensa João, quando Daniela some da sala e o deixa diante dos tiros da tela, pensando nas contas bancárias, nos cartões, seguros, imóveis. "Ainda bem que não tem nenhuma conta conjunta", pensa aliviado.

*

Há dias não falo com João. Ele não me liga, eu também não. Disseram aqui no escritório que ele viajou para o Sul à cata de novos fornecedores. Sem ele por aqui, trabalho bem melhor. Nada desvia minha atenção. Não perco tempo examinando sua boca e seus olhos. Não me preocupo com a sua roupa, menos ainda com a minha. Não me esforço para ouvir o que ele fala lá longe. Não me atordôo pensando nas razões e motivos que existem para eu gostar dele, nem também nas razões e motivos que existem para eu não gostar dele. Sei que tenho a tendência de ver só as qualidades do homem, a só desejá-lo.

— Essa não é a questão — o que você faz com ele; a questão é o que você faz com você. Se ele é tudo, talvez você possa se ver como nada.

(E dá-lhe psicanálise... mandando a gente fazer o que não sabe, não pode e não consegue.)

— Desvencilhe-se, ocupe a sua vida, dê a ele só um pedaço, não tudo.

— Como me desvencilhar de um homem por quem estou apaixonada?

— Use e abuse — diz minha irmã, num conselho, talvez mais chulo, mas talvez mais sábio. — Não é assim que eles fazem? Aproveite!

Ah, meu amor, se eu pudesse, eu te teria todos os minutos, todos os dias. Amo-te quando te amo e amo-te quando não te amo, à Neruda. "Eu te amo para começar a amar-te, para recomeçar o infinito e para não deixar de amar-te nunca: por isso não te amo todavia." Não vejo o amor de outra forma. Infinito e intenso enquanto dura, e pior, infinito e intenso quando já não dura mais.

*

O tempo não ajuda. As fotos precisam de sol, muito sol. O fotógrafo garante que "para tudo se dá um jeito, amor; se a gente faz chuva, por que não faz sol? O negócio é se chover, aí ferrou". O barco já está ancorado diante da pousada. A dona da pousada, uma francesa metida, finge que não está nem aí, mas qualquer um nota a sua satisfação com a badalação. Os modelos são bonitinhos, sem maquiagem parecem bem mais novos e menos impactantes do que aparecem nas fotos. Jobinho ainda não está pronto. Passou a noite acordado. Certamente por culpa dos *proseccos* que Zeca trouxe para animar a festa. Zeca, como sempre nesses dias, está eufórico. Cedo, desfilava de cueca vermelha Zimmerli ("Zimmerli, ouviu? É tudo, custa uma fortuna, mas vale. Até o príncipe Charles usa!") pelo *hall* do hotel. Agora, já está com sua sunguinha fininha, bem baixa, pronto para o embarque, movido a cremes e protetores franceses.

Uvas, morangos, ameixas e muitas outras frutas fazem o cardápio do dia.

— Sabe como é, esse pessoal adora uma frutinha. Isso é muito Côte d'Azur... esse sol, esse barco, essas frutas, põe uns gelinhos em cima, Teresa, fica tudo de bom!

— O gelo vai derreter, Zeca!

— Quando derreter, derreteu! Leva mais no balde, um balde de prata, hein, que a gente pode até pôr de cenário, produz com uma champagne (francesa, claro!) dentro, assim, viradinha, uau!

Depois de horas de preparativos, enfim, a turma parte para alto-mar.

Teresa recosta-se na proa do barco. "Que vida boa, hein, mãe", diria Lucas. Agora ela ia poder se deliciar, não tinha mais nada a fazer, estava tudo ali: modelos, fotógrafo, maquiador, assistentes de figurino, assistentes de produção, o cachorro, as frutas, muito suco, tudo ok. Dava até para ser cordial com o chefinho.

— Ai, que delícia, hein, Zeca, adoro um barco!

— Eu também! É tudo de bom!

O assistente do fotógrafo era bonito, e Teresa aproveitava para se divertir.

— Vou fazer o *making of*, olha para cá, Pedro.

Pedro olhava e Teresa clicava. "Uhm... até que dá para encarar esse aí hoje à noite... o problema é a Catarina (a vitrinista da SLC), o que faço com ela?" Mas mal Teresa pensou na noite, alguém começou a gritar.

— A Liz está passando mal, gente!

Liz era a modelo número um, a de cachê mais caro, a de mais pose. Agora, a *top* das *tops* estava caída no convés, completamente branca, com a testa sangrando.

— Pega um remédio!

— Pega gelo!

— Pega uma toalha!

Dez minutos depois, não era só Liz que punha cargas ao mar. O maquiador, um mosquitinho ambulante, já tinha se sentado na proa e, com as pernas dependuradas, vomitava sem parar. Seu assistente tentava confortá-lo. Passando uma toalhinha molhada na testa, dizia "calma, flor, vai melhorar, calma, meu flor". O figurinista era outro: tombara num dos quartos do barco, "ai, estou vendo tudo rodar, ai", gemia ele com a voz fraquinha. Até Pedro não suportara: "não posso ver os outros passarem mal que eu passo também". E, assim, um a um, a tripulação foi caindo. Sobraram Zeca, Catarina e Teresa, ou seja, não por acaso, o trio da SLC, acostumado a trancos e barrancos, e o fotógrafo Dimas. Ah, e claro, Dog, naturalmente, o cão, feliz da vida, andando de um lado para outro do barco.

— Mas ninguém tomou remédio? — perguntou perplexo o dono do barco. — Quem não tem costume de andar de barco tem que tomar, um de véspera e outro no dia.

— Eu não sabia disso, juro, também ninguém me falou que enjoava — respondeu Teresa. — Que droga!

— Para mim barco é coisa comum. Só mediquei o Dog, que está estreando. Dei um Dramine e olha como ele está. Ô, gordo, vem cá com o papi, vem!

— E agora? — perguntou Dimas. — Tem até sol, mas essa turma aí não consegue nem ficar de pé...

— Vamos fazer o que der. Escuta (diz Zeca para o marinheiro), pára numa praia qualquer. Esquece o mar. Vamos ficar na areia. A gente finge.

— Que perrengue! — lamenta Catarina, a vitrinista. Justo hoje que eu pensei que ia ter um dia de rico, essa turma me apronta essa. Todo mundo vomitando na cara da gente, é muita pobreza, não é não, Zeca? — disse a baiana com seu sotaque arretado. — Nem em Salvador a gente vê isso... Eta gentinha... tem só pose...

*

Chego em casa exausta. O fim de semana foi de matar. Não nasci para ser estrela. Cada hora os modelitos impunham uma nova exigência, como se fossem os reis do mundo. "Ai, que fome!" "Ai, que calor!" "Ai, não tem um drinquezinho não?" "Tem camarão?"

Será que eles comem camarão na casa deles? Foi quase impossível tirar todas as fotos. Sábado, nem pensar: enjôo. Devia reduzir a diária de todos eles. Cadê os agentes? Vou ter que rebolar fazendo um dia virar dois. Mas pelo menos estou livre dos chiliques. Ufa.

Ser Ralph Lauren com vômito é de matar.

*

João voltou. Às 8:59, o celular toca. "Cheguei", avisa. Teresa respira aliviada: "Ele está comigo e sempre estará, na hora marcada, eu é que sou louca achando que ele me abandonou. Medrosa, medrosa. João está aí, está vendo? Está vendo? Não é nada do que você pensa."

(Meu nariz é torto, meu dedo é feio, minha irmã é mais bonita, ele não gostou da trepada, ele não gosta de mim como eu gosto dele, olha só a minha barriga, a cicatriz do parto, eles fingem que gostam mas não devem gostar tanto assim, falam por falar, falam por delicadeza, falam por educação, falam por conveniência) — que história de rejeição hein, Teresa!

"Medos, e agora, o fim do túnel escuro. Tudo parece certo. E o que (ainda) não é certo, vai ser. Estamos no caminho certo, e vamos chegar aonde imaginamos chegar." Imaginamos? João decide os programas com antecedência, faz reservas, confirma horários, compra ingressos. "A vida é certa."

— Não é melhor assim? Ser o primeiro a chegar, pegar a melhor vaga no estacionamento, escolher o melhor lugar no cinema?

— Sim, de um lado é melhor mesmo.

Era possível, e isso era o que surpreendia Teresa, era possível. Mas, infelizmente ("por que eu não consigo nunca me sentir totalmente feliz?"), não era tudo.

("Às vezes você me lembra sua avó", disse minha mãe um dia. "Ela nunca estava feliz. Sempre faltava alguma coisa. Volta e meia, tomava longos banhos de banheira, para ver se melhorava, dizia. A gente não sabia do que ela queria melhorar, mas hoje vejo você, e acho que você é como ela", disse, tentando me confortar — confortar?)

— Existe um buraco que eu não sei onde está — digo a Anita —, falta alguma coisa, eu não sei o que é, falta.

— Por quê, tem algo de errado? — pergunta João a Teresa.

— Não adianta você querer conversar isso com ele, converse aqui.

— Eu não sei, tenho medo de não estar sendo eu, de estar tentando ser uma pessoa que não sou eu — explica ela a ele.

Teresa é Buena Vista Futebol Clube, como disse o Grande Garoto. João assiste ao filme e se reconhece em Hugh Grant. "Você viu que puta figurino o dele?" O personagem é charmoso e passa o natal comendo pipoca e vendo televisão.

— Natal, não posso dizer que já passei assim não; mas réveillon, já cansei de ficar vendo filme na TV, sossegado, ninguém me perturbando, gostosinho que é...

Já para Teresa, *réveillon* é Copacabana, muitos fogos, muita gente; e o natal, naturalmente, com a família, umas quarenta pessoas, Papai Noel, presépio, peru e presentes. E dívidas e mais dívidas, cheques pré-datados, cartões de crédito, assim começa o ano. *Belle époque.* Ao lado de João, ela finge que não é nada disso, que não existe nada do outro lado — e parece que não existe mesmo — e assim ela se sente: feliz, segura e protegida, ao lado do homem grande, do jogador de vôlei, do diretor-geral. Mas, algumas vezes, infelizmente, vem uma dorzinha, uma fincada, um soco no estômago.

— Não, a gente não tem nada a ver, a nossa vida é muito diferente, você não quer saber de ninguém, não liga para as pessoas, eu sou o contrário.

— Mas você pensou tudo isso enquanto via o filme? Não dá para só ver o filme?

— Pensei, e saí pensando que a gente...

— Vem cá, complicada e perfeitinha, como na música.

Aquele corpo grande, aquele corpo bonito, aquele abraço, ela não podia dispensar, pelo menos agora, não podia, não pode, o abraço cobria muitas faltas — e são muitas as faltas, se contabilizadas desde quando ela era menina, "a doentinha", "a asmática", "a magricela", "a feiosa". Era um buraco que não fechava. Podem jogar toneladas de areia nele, mas esse buraco não fecha não. O vazio; o tempo que passa, mas as coisas não mudam.

Não era só não fazer xixi na frente do homem (coisa que ela sempre fez), não era só não dizer que está sem dinheiro (coisa que ela sempre disse), disfarçar a dor (dor que ela sempre sentiu), era mais. "Eu não conseguia ter com João uma intimidade que eu sempre tive com outras pessoas, com outros homens." Depois de tanto tempo, Teresa não sabia o que João sentia, se a relação deles era igual ou não às outras relações, se é que. Na verdade, ela não sabia quem era ele. E não saber quem era ele, e junte-se a isso, também não saber muito bem quem era ela, dava um resultado desastroso, diria dona Martha, a temível professora de matemática.

— Quando você duvida que dois e dois são quatro, então, minha filha, o caso é muito sério. É preciso começar do início, rever toda a matéria.

O princípio parecia claro: com João, a mensagem nunca poderia sair da garrafa, nunca.

— Mas por causa dele ou por sua conta?

"É preciso resolver os problemas", diria dona Martha. "Princípio por princípio, fórmula por fórmula, teorema por teorema, vamos rever. É só raciocinar que os problemas se resolvem."

A matemática de fato contraria a psicanálise.

*

O celular de João treme no *vibra-call*.

— Não acredito, você estava com o celular no bolso da bermuda? Até na cama? Até nessa hora?

— Deixei sem querer.

O celular continua vibrando.

— Vai, atende logo.

João atende. É Daniela.

— Onde você está?

— Em casa.

— E por que você não atendeu o telefone logo?

— Não ouvi, estava dormindo. Desliga, que eu vou ligar do fixo.

Ele liga, Daniela atende.

— Escuta, estou achando isso o fim.

— O quê?

— É, a gente não se falar direito.

— Não foi você que foi para a ala vermelha?

— Você queria que eu fizesse o quê?

— Você fez o que queria, não foi?

João fala baixo para Teresa não ouvir.

— Eu queria que as coisas fossem como antes — diz Daniela.

— Mas não são; tudo muda, sabia? Movimento de rotação, a terra está sempre girando, lembra? As coisas evoluem.

— Como você é frio.

— Já cansei de dizer: não existe almoço grátis.

— Então...

— Então?

— Você vem quando?

— Quando der.

— E quando é que vai dar?

— Não sei, eu não mando em mim, eu vou quando der. E aí a gente conversa, certo?

*

— Era a tua mulher, não era?

— Era.

— O que ela queria?

— Nada de importante. Negócio de cachorro, se leva para tomar banho ou não, uma merda assim, nem ouvi direito.

— Esses telefonemas me irritam.

— Eu sei, um dia tudo isso acaba.

Teresa prefere não continuar o assunto. Também fica difícil voltar ao sexo.

— Vamos dormir, vai — propõe João. — Dorme, querida, dorme, tudo vai dar certo.

E ele encosta seu pé no dela ("é assim que você gosta?" "é, é assim") e dorme bem antes dela, claro, que fica pensando: "é, é assim que eu gosto?".

*

No pequeno auditório (não, querida, "sala de reuniões", que auditório é de colégio e colégio de freiras, veja bem) da SLC, cada comprador (melhor: headbuyer) apresenta sua coleção. Como nos tempos de colégio, eles mostram cartazes e falam, tentando justificar o que todos sabem: aquilo tudo não tem absolutamente nenhuma justificativa, a não ser ter sido exposto na vitrine de alguma loja, qualquer loja, da Quinta Avenida, em algum momento, qualquer momento, e justo nesse momento ter passado por lá um *Headbuyer* (perfeito, com maiúscula!) da SLC em busca das "tendências do momento". E então o *Headbuyer* saca sua maquininha digital e fotografa da forma mais rápida e discreta possível a vitrine, tomando o cuidado para o segurança da loja não o expulsar dali como um cachorro vira-lata e ao mesmo tempo tomando cuidado para sua imagem não ficar refletida no vidro, o que irritaria tremendamente Pedro Paulo. "Porra, nem fotos vocês conseguem tirar." Pedro Paulo não tirava foto alguma, claro, ele não ia correr o risco de um flagrante tão ridículo. Mas o preço da viagem, todos sabiam, implícito ou não, incluía fotografias clandestinas, *books* de coleções, desenhos do mobiliário, anotações das novidades e, quando possível, um roubo em si da própria mercadoria admirada.

Depois de percorrerem a Quinta Avenida de cabo a rabo, com filmes e mais filmes a serem revelados, com bolhas nos pés e olheiras pretas, os *Headbuyers* brasileiros, disfarçados de antilatinos, chegavam ao hotel, entulhavam todas as sacolas nas malas cheias de sapatos e sandálias, pbs e coloridos, femininos e masculinos, e, enfim, partiam de volta ao Brasil. Tinham cumprido sua missão: fotografar, comprar sapatos e passar o Amex. Era como se todos fossem tarados por pés. Uma empresa de fetiche.

— Essa nossa coleção — diz Mara — é inspirada na Riviera Francesa, os sapatos todos foram feitos nas três cores da bandeira francesa: branca, vermelha e preta.

— Preta? — alguém lá atrás ousa perguntar, mas logo engole a dúvida com medo de a pergunta ser tão ou mais cretina quanto a resposta.

Teresa olha aquilo tudo, de longe, sentada na última fila. "Eu não consigo aproveitar as coisas, sempre acho que poderia estar em outro lugar, que há outro lugar aonde eu não soube chegar, onde eu não fui aceita. E por isso aqui estou."

Pelo menos, havia Henrique, um bom amigo, um homem inteligente e cheio de *sense of humour* (hum, chérie, estou sentindo seu potencial para chegar a ser uma ghost-writer fashionable). E também, como nos tempos de colégio, Teresa e Henrique se divertiam falando baixinho e trocando bilhetinhos.

— Que estúpida essa, hein... a gente vamos; não sabe nem falar...

— Mas pé e chulé não têm nada a ver com palavra, tem?

— Escuta, não tem hora que dá vontade de tacar uns "papatos" na cara dessa turma? O que você acha que eles prefeririam: solas de sapato ou capim?

— Mas e aí, querido, de onde a gente ia tirar nossa grana?

— Essa é a merda; tem o leite das crianças. Então... Até que horas vai essa porra, hein?

— Vai ter parada para o almoço.

— Eu como até aquela baixinha peituda, a ruiva, mas dá logo esse break (certo, Henrique, mais chic que intervalo, certo!), vai. Estou morto de fome.

— No almoço quero contar uma coisa para você.

— Segredinho, é?

— Mais ou menos.

— Não me diga que está transando com o homem de black, ou será que é com aquele italiano de Milano?

— Quem você preferia?

— Eu? Você que escolhe: o buraco é seu.

— Pois é o de *black*!

— Puta que pariu, vocês mulheres gostam de rolo, hein? O homem não é casado?

— É, e daí?

— E daí, porra, que ele vai te comer uma, duas, dez vezes, e vai embora. É isso que você quer? Depois não vem chorar no meu ombro não, hein, dizer que entrou numa fria, que o cara não presta. Vê lá onde você está entrando, quer dizer, onde você está deixando ele entrar...

— Ah, não enche.

— Cabeça de homem é diferente, já disse: o cara está aí, sozinho, a mulher em São Paulo, o cara quer isso mesmo, comer. O que aparecer na frente dele, ele traça. Até eu queria.

— Queria?

— Você não, quer dizer... até que se só tivesse eu e você na ilha, ainda ia... Mas eu sou seu amigo...

— Eu sei, por isso estou contando para você.

— Você está se metendo numa história com cabeça de mulher, cheia de romantismo. Vai dar merda, estou avisando, porque gosto de você; gosto dele também, mas você já é minha amiga há anos, sei como é a sua cabeça e estou vendo como é a dele, sai dessa.

Henrique não sabia que isso era impossível: a essa altura, a história já tinha capítulos e mais capítulos. Um filme com princípio, meio e fim. Falando em cinema...

— Nossa coleção foi inspirada em Marilyn Monroe, que, vocês devem saber, foi o maior mito do cinema. Dizem até que ela foi amante do presidente Kennedy — conta Tina, como se estivesse dando uma informação "preciosérrima", como ela gosta de usar — adjetivos sempre érrimos. — Mas, enfim, o que nos interessa é que a coleção é altamente feminina, sexy, bicos pontudos, muito salto alto, tudo muito fluido, no estilo da vedete — conclui a ex-mineira agora cidadã do mundo — afinal, ela conhece Manhattan, sabe tudo sobre La Monroe e fala inglês fluentemente (britânico, sempre mais chic que americano, não se esqueça!).

Enfim (ufa!) — era chegada a hora de Teresa finalizar a primeira parte do *meeting* (sim, meeting, não reunião, não encontro, não apresentação; meeting!).

— Ok, gente, depois de termos visto duas coleções belíssimas, vamos para nosso almoço e recomeçamos às três, quando serão apresentadas as coleções Sal e Pimenta ("por que não Pé e Chulé?", pergunta Henrique baixinho) e Flores e Frutos ("no pé, para fazer 69?", sacaneia).

Os gerentes e subgerentes aplaudem (querida, no varejo brasileiro, subgerente é feio, é depreciativo, preferível usar segundo gerente, gerente-adjunto, gerente de clientela, gerente de atendimento, gerente de salão, por mais sub que ele possa ser; também pode-se trocar gerente por diretor de loja, é mais fashion), certos de que o melhor do *meeting*, enfim, estava por vir: o almoço na churrascaria Porcão.

*

Digo o que não penso. Penso o que não digo. Sou o que não quero ser. Mas nem sei o que quero ser. Lembro meu irmão perguntando: "O que você quer ser quando crescer?" E eu disse a ele: "Eu quero escrever." Ele respondeu: "Então, você tem que, a partir de agora, dizer que quer ser escritora. Escritora. Escrever e ser escritora são coisas bem diferentes." Acho que eu tinha uns dez anos, e isso, sei lá por quê, ficou na memória, junto aos diários que eu carregava para tudo que é lado. Escritora, escritora.

— Talvez você não acreditasse que pudesse ser de fato uma escritora; ser uma escritora exige um comprometimento maior do que simplesmente escrever, você pode vir a ser julgada pelos outros. E, como você se julga a ferro e a fogo, você tem medo de que as pessoas façam o mesmo com você. Você não precisa ser tão dura com você, Teresa.

A sala é escura, eu me levanto do sofá (divã, psicanaliticamente falando), meio tonta, digo tchau à analista que logo em seguida receberá outro analisando, sempre o mesmo, cujo rosto mal vejo pois ele entra cabisbaixo no consultório (assim como eu, mesmo quando espero minha hora do lado de fora, fico de cabeça baixa, como não querendo que ninguém me veja e reconheça, podem achar que eu tenho um problema sério qualquer que exige que eu fale, fale e fale, e de outro lado que eu pague, pague, pague, como se eu fosse uma louca, ou como se estivesse indo a um lugar clandestimo — entrando numa clínica dc aborto, por exemplo). Além de cabisbaixo, meu sucessor está sempre de *short* e sandália, o que estranho (fazer análise, para mim, não combina com *short* e sandália; como deve ser se deitar no divã com *short* e sandália, assim, descontraidamente?), mas enfim, bato a porta, chamo o elevador, ligo o celular e vou voltando a me conectar com a vida, sem egos, superegos e alteregos.

A vida me entra com toda sua luz pelas ruas de Copacabana. Um homem sem pernas está sentado no mesmo lugar de anteontem e de todos os outros dias em que passo por ali, fazendo o mesmo movimento com as mãos. Observo-o três vezes por semana (depois de João, voltei a três sessões; já disse, não?), e nesses três dias, vejo-o esticar e encolher a mão ininterruptamente. Estica, encolhe, estica, encolhe, quantas vezes por dia ele repetirá isso? Me impressiona sua persistência; se eu tivesse a sua vontade, talvez tivesse ido mais longe.

— Onde você se imagina?

Tenho vontade de perguntar ao homem que estica e encolhe as mãos quanto ele arrecada com aquele movimento por dia, quantas vezes ele faz aquele movimento por dia/ por semana/ por mês, ver se o negócio vale mesmo a pena, mas obviamente, nos ensinaram a não fazer todas as perguntas que passam pela nossa cabeça. Muito pelo contrário. Ensinaram-nos a não perguntar, a não comentar, a fugir de qualquer diferença. Não diga nada se notar algum problema na criança ao lado, não queira saber, não comente, não observe, não se choque, não olhe para o olho de vidro, finja que não está vendo nada de diferente, não pergunte sobre as feridas do outro, suas queimaduras, suas imperfeições, seus defeitos físicos e morais. Talvez até o outro quisesse falar: "Você está me estranhando, não está? Deixa eu contar." "Mas eu não posso te perguntar, e aí, você não tem como me contar." Temos que ignorar qualquer diferença, qualquer problema alheio, como se, ao notarmos, ele se transformasse também em nosso problema. Não vimos o que vimos. Da mesma forma, não devemos nos expor.

Dou um passo à frente, um garoto tenta me entregar uma filipeta. Ele também estica o braço, quase enfiando o papel na minha boca, chego a ouvir o barulhinho da filipeta se desgrudando do bolo, sssss... mas sou mais rápida que ele, me tranco e dou uma virada de ombro, assim, rispidamente, não, não quero. Seu papel não me interessa. Sai da minha frente. O garoto parece não se importar com a minha reação, ele também dá e não dá, estica e encolhe, como o homem sentado no chão, ssss... algumas pessoas pegam, outras não. É o movimento natural dos filipeteiros de Copacabana. No primeiro mundo, eles são universitários, e só entregam o papel a quem o deseje. Aqui, são miseráveis mesmo, e nós não temos o direito de escolha. Votar é obrigatório.

Observo também os camelôs. Hoje eles também estão nas ruas; anteontem não estavam, mas hoje estão. Às vezes, o sim e o não chegam a acontecer no mesmo dia: eles se escondem da polícia e, depois que ela passa, eles chegam, não sabemos de onde vêm, de onde saem, deve ser de um buraco subterrâneo, como aqueles que os bandidos fazem para escapar da prisão, ou os guardadores da praia, para esconder suas cadeiras coloridas, quebradas e enferrujadas que no dia seguinte serão alugadas. Camelôs, como fantasmas, chegam, e de repente, vão abrindo seus sacos pretos, de onde saem as mercadorias as mais variadas possíveis. Vende-se de tudo em Copacabana: CDs, calcinhas, sutiãs, panelas, brinquedos, jogos eletrônicos, relógios. Só não vendem (ainda) objetos eróticos. Mas breve chegará o dia. Copacabana vai vender modelo ao vivo. Você escolherá, não pelo álbum, como já andam servindo o cardápio pelas esquinas, você escolherá a bunda ou o pau que desejar, ao vivo e em cores, na calçada, como uma mercadoria, um pó milagroso que tira sujeira do ladrilho, um guarda-chuva que se encolhe todo ou um batonzinho fajuto falsificado. Barbie ou Falcon. De plástico ou de vidro, dane-se. Como já existe nos *outdoors* da cidade. Só falta baixar a imagem e concretizá-la, tirar a bunda do papel e colocá-la na calçada despedaçada, ou na rua mesmo, assim, entre os carros, entre os ambulantes, passando por você, e você perguntará quanto é, ou então olhará para o outro lado, caso não tenha interesse na imagem ou no objeto. Mas, de todo jeito, eles virão. É o livre comércio, o mercado aberto na princesinha do mar.

Obs.: A pedidos, deixemos de lado Copacabana. Afinal, é só um bairro nessa cidade desse país que não significa nada. Não significa. Absolutamente nada. Ainda mais no mundo da globalização. Ou no mundo da moda. Aí, então, é zero apesar de as revistas adorarem dizer que a moda são as modelos brasileiras. Caras e bocas, elas não passam disso. Longas pernas, meninas que desfilam como as éguas nas exposições em que meu pai levava os cavalos campolina para desfilarem no picadeiro, e dali saíam os premiados. Cigarra do Vale. Cintilante do Vale. Gisele, Carolina, Élen, Adriana, as mulheres-modelo. Estou falando isso, apesar de detestar quando me dizem — e tem sempre alguém que me diz, à beira de um enterro: aí é que a gente vê que a vida não vale nada. Frase absolutamente imbecil, à qual sempre tenho vontade de responder, mas nunca respondo, claro, ainda mais num enterro — sejamos discretos e solidários: não enche, aí é que a gente vê o quanto vale. A história é tudo, o resto é patifaria. Cintilante do Vale.

*

As crianças reclamam que eu ainda não preparei a árvore de natal.

— Mãe, todo ano a gente faz; esse ano a gente vai fazer quando?

— Todo mundo já fez.

— Todo dia você diz que vai comprar e não compra.

Até Lucas está furioso. Realmente, prometo e não cumpro. Virei todo meu alvo para João e faço o que ele quiser, como quiser, à hora que quiser. Quer ir ao restaurante? Eu vou. Ao cinema, sentar na frente? Eu sento. Quer me comer? Eu dou. Quer dormir? Dorme! Tudo sumiu da minha frente, só vejo João. Há dias não vejo mãe, pai, irmãos. Amigas, então, nem pensar. Não existem quando estou apaixonada. *Mulheres que amam demais*. Faço parte desse grupo, claro — "você não está sozinha", consola a autora, "vivendo uma paixão arrebatadora". Realmente, arrebatadora: um homem alto, lindo, rico, descolado, estiloso. Tudo de bom, "o bofe perfeito", diria meu amigo. É certo que tem uma mulher, mas, convenhamos, ele não é casado, e vai deixá-la, com certeza, para ficar comigo. É só uma questão de tempo, é preciso saber esperar. É certo que já passou mais tempo do que eu previa, muito mais de dez encontros se foram, mas, agora, ele não goza mais na minha barriga, ele goza dentro de mim, correndo todos os riscos. Henrique está errado. Ele não quer só me comer, como diz ele,

ele quer me namorar, me amar. Como eu. Ou quase como eu. É preciso apenas ter paciência: "tolerância, Teresa, você tem que aprender a esperar".

(Esperar — Falta muito? Falta muito para chegar, mãe? Faltam quantos dias para o meu aniversário? Faltam quantas semanas para as aulas terminarem? Falta muito? Quantos quilômetros? Quantos minutos? Quantas cidades? Quantos anos? Falta muito?)

*

Acabo comprando um pequeno pinheiro à meia-noite. Meus três filhos já dormem, mas pelo menos a metade do problema está resolvido. A outra metade deixo para amanhã. Preciso comprar os presentes. As pessoas esperam os presentes. Meus filhos, meus sobrinhos, tios, pais, irmãos, os porteiros, as empregadas da casa de minha mãe, que estarão lá, de uniforme vermelho, servindo todos nós, a cada natal. Ó árvore de natal, sempre bela, sempre linda, sempre a mesma. Todo natal aqui estamos para saudá-la, ó árvore de natal, diz o jogral lido pelos donos da casa e seus convidados de honra. Tem gente que tem natal, tem gente que faz o natal dos outros — levando as bandejas de espumante, fazendo os perus com fios de ovos, fios de ouro, recolhendo os papéis de embrulho largados no chão das bonecas e carrinhos de controle remoto que os próprios filhos nunca terão. As empregadas domésticas — por que elas não nos mandam à puta que pariu? Pelo menos no natal... Por que nós ainda não fomos capazes de dar a elas um natal como o nosso? E, para não ficar com tanta culpa, levamos um presentinho, uma blusinha bem baratinha, uma colônia vagabunda, qualquer coisa serve, está mais que bom — é um nome a menos na lista, menos um, graças a deus. "Desculpe a lembrancinha, querida, mas achei a sua cara. Você gostou? Ah, que bom, então." Felizes os que podem ir à missa do galo, os de barriga cheia e cantando de galo. Deles é o reino dos céus.

*

João me traz a coleção completa de discos da Elis. Eu fico feliz. Dou a ele um perfume, digo que gosto de reconhecer o homem pelo cheiro. Ou o inverso, sentir o cheiro e através dele, sentir o homem. Peço a ele que use sempre o mesmo perfume. Ele acha graça, mas diz ok. Ele não traz nada para as crianças, eu finjo que isso não me incomoda e tento justificar na minha cabeça como falta de hábito, inexperiência, coitado! A árvore até que ficou bonitinha. Maíra, Flavinha e Lucas estão felizes. Lucas conta o que vai ganhar do Papai Noel. João parece não ouvir. Eu penso que um dia ele será fisgado e, aí sim, estará irremediavelmente aqui, para sempre, de corpo presente, dando graças a deus por ter encontrado uma família, uma família tão bacaninha, uma mulher que cuida dele, uma criança que o chama de pai, filhas que lhe fazem companhia. E assim, encantada, vou para a cama. Transamos muito, deve ser efeito do vinho. Eu tento de tudo para ele me fazer juras de amor, mas ele não faz, só faz movimentos repetitivos e intermináveis que quase me irritam; ele me pergunta se está acontecendo alguma coisa, eu digo que não, que está doendo um pouco, mas tudo bem. Preferia um sexo mais calmo, mais amoroso, mais natalino — mas não é isso que ele me dá e eu finjo que tudo bem, isso não é nada, o problema sou eu mesma, eu é que sou uma infeliz, uma insatisfeita, sempre querendo o que não é. Sexo é sexo, com ou sem árvore de natal, com ou sem luzinhas piscando pelas janelas, é sexo. "Por que eles fazem sexo e elas fazem amor?" Eu tenho mais é que ficar feliz. Estou fazendo sexo com o homem que amo. E que acredito me ame também. Se não me amasse, por que estaria aqui?

Por quê?

*

Às seis da manhã, João se levanta.

— Aonde você vai? — pergunto assustada.

— Para São Paulo.

— Hoje; agora?

— Por que não?

— Sei lá, você não me disse que ia.

— E precisava?

— Não, mas você podia ter me avisado.

(Silêncio, ele se olha mais uma vez no espelho.)

— E você volta quando?

— Ué, não tem a porra da festa de natal?

— Você vem?

— Faz parte do show, não faz?

— É, vai ser legal, eu acho.

— Eu não acho não. Acho uma merda: confraternização, amigo-oculto, puta que pariu, tomara que chegue o dia em que eu não precise mais participar de nada disso.

— Caramba, como você é esquisito. Mas, escuta, por que você não vai mais tarde?

— Por que mais tarde?

João sai, sem tomar sequer um café, Teresa tenta beijá-lo na porta do apartamento.

— Volta para cama, volta, eu sei que você não gosta de acordar cedo.

— Seis e quinze, você tem certeza de que precisa ir embora tão cedo?

— Você sabe como eu sou. Eu gosto de pegar a primeira ponte. Dorme, querida.

*

Teresa volta para a cama. O bolo que ela mandou fazer ficou na mesa. Nem o café que Rosa preparou, João provou. A mesa do café nunca foi tão farta, como um bufê de hotel ou cena de novela. Uma mesa bonita, que ela fizera questão de preparar com antecedência para o homem que enfim ia dormir pela primeira vez na casa dela, com a família dela e justo numa semana tão especial, a semana do natal. "Mas não foi dessa vez, ainda", ela pensa, "mais uma vez." E, mais uma vez, finge que está tudo bem. Tudo, tudo bem. Ela precisa acreditar que as coisas são o que são, que tudo é assim mesmo, que as pessoas são diferentes e não adianta tentar mudar.

— A vida não é um conto de fadas.

Nem no natal poderia ser?

*

— Cadê o João? — pergunta Lucas.

— Foi embora.

— Embora? — surpreende-se Flavinha.

— Assim, sem mais nem menos? — diz Maíra.

— Ele precisava ir — responde Teresa, sem alternativa melhor a dar.

— Estranho, hein, mãe.

— Ele não comeu nem o bolo que você mandou fazer?

— Não.

— Que falta de educação!

— Não tomou nem café?

— Não.

— O que ele tinha para fazer em São Paulo assim tão cedo?

— Ele queria pegar o primeiro avião

— Para quê?

— Sei lá, porque queria — diz Teresa, percebendo que as perguntas que os filhos lhe faziam eram as mesmas que ela tinha feito a João. E, sem resposta, tinha que fingir que tudo estava certo. A conta da terapia mostrava que a insegura era ela, e que ela, sim, devia cortar, podar, a sua insegurança, aumentar a sua auto-estima e não ver problemas onde não existem.

— O foco é você, não ele.

"Mulheres teimam com as entrelinhas, com os ataques subliminares e com as interpretações. Podendo complicar, complicam" — diz o *e-mail* de Claudio Lampert, um amigo escritor que se faz de advogado.

"É, talvez não exista problema algum. Eu é que invento", pensa Teresa.

"Mulher se decepciona na falta de ambigüidade. Vive por isso. Querendo uma chaga para cutucar. Encher o saco do cara porque ele só gosta de futebol e de beber com os amigos e não lê um livro (mas o que fazer quando ele lê uma porrada de livros, não bebe com os amigos e gosta de um monte de coisas além do futebol?). Encher o saco do cara porque ele não se preocupa com a casa, larga toalhas pelo chão, não lava os pratos, não ajuda com a empregada e com o supermercado (mas o que fazer quando é ele que decora a casa, arruma a casa, dá instruções para a empregada, faz as compras?). Encher o saco do cara porque ele é um duro, um acomodado, um *loser* que vive tomando esporro do chefe (mas o que fazer se ele não é duro e não tem chefe?). Encher o saco do cara porque ele está sempre cansado e não quer foder nunca (mas o que fazer se ele é um tarado descompensado?) E aí? Aí é só começar com aquela história de atenção e expectativa. De que você não comemora as datas. De que ontem fizemos x semanas de namoro e você se esqueceu. De que você não reparou que eu aparei as pontas do meu cabelo. Que fiz a sobrancelha. Que comprei uma bolsa nova (a décima quinta no ano). Que nossa relação não tem diálogo. Que eu preciso de um pouco de amor e você só tem me dado sexo." (Continuação do *e-mail*.)

— Pare de pensar no que falta, pense no que existe!
— Anita e todos os psicanalistas de todas as épocas que passaram pela minha (e talvez a sua) vida.

Seja feliz, a vida está passando e você continua sangrando. A rolha que não sai. A garrafa em alto-mar. A pedra no meio do caminho.

(Quando menina, eu gritava de noite. O pesadelo era sempre o mesmo: um homem entra no quarto e vem me matar. Grito, de longe se escuta o grito. Minha mãe troca minha companhia: ao invés de dormir com a irmã mais nova, vem a mais velha dormir comigo, talvez assim eu me sinta mais segura. Nada feito. Continuo vendo no urso de pelúcia o homem assassino. Continuo tendo pesadelos e gritando. Trocam de novo minha companhia. Agora vem meu irmão. Quem sabe assim? Mas os fantasmas continuam, noites e noites de insônia. Meu irmão volta para o quarto dele, vem minha irmã de novo. "Mas não me dê susto", me pede ela. Eu conto carneirinhos, mas eles não me trazem o sono. Colocam uma gaiola com um curió no quarto, dizem que acalma, é bom para quem tem asma. Cresço com o mesmo pesadelo. Grito também na cama de casal. "Quer me matar?" — quase sempre os namorados fazem essa pergunta. "Não, eu é que estava sendo morta." Tem sempre um bandido a me perseguir, uma traição, um facão no meio do peito, uma nota zero, um erro cometido, uma palavra mal dita, uma palavra que deixou de ser dita.

— É verdade que o que a gente fala acontece? — insiste Lucas. — É, a professora falou. Por isso que a gente não deve falar coisa ruim, mãe. O que a gente fala, acontece, sabia, mami?

*

— Teresa.

— Oi, Pedro Paulo.

— Nós estamos na semana de natal e não saiu nada da gente na mídia. Olha aqui: nessa revista saiu aquela vagabunda na capa; nessa outra, aquela loja que não presta. A SLC não está em lugar nenhum, porra, nem em notinha de fim de página.

— Acho que faltou uma novidade que gerasse nota.

— Novidade, que novidade esses caras têm? Olha para a cara dessa mulher, já puxou a cara no mínimo umas dez vezes, novidade é o que ela não tem.

— É, isso é.

— Faz o seguinte: prepara uma nota e diz que os italianos vão investir um milhão de dólares na fabricação de calçados brasileiros para exportação. E aí espalha. Inventa: diz que vamos abrir mais 16 lojas, todas em pontos sofisticadérrimos, flagship stores. Fala que a loja dos Jardins abre antes do fim de ano...

— Mas e se eles quiserem ver, Pedro Paulo? Está tudo no chão!

— E você acha que algum jornalista vai se dar o trabalho de ir lá conferir? Eles não são mestres-de-obra, Teresa. Se você contar a história bem contada, todo mundo acredita. Além do mais, tem aquele tapume lá, não tem? Quem vai conseguir ver o que tem dentro? Pode estar lá dentro uma loja prontinha... Pede ajuda ao Zeca, ao João, à Rita, a quem você quiser, vai lá e solta a notícia. Um milhão de dólares.

— Euros, você quer dizer?

— Euros porra nenhuma. Ninguém sabe aqui o que é euro. Dólar, até vendedor de picolé de praia sabe o que é.

— Então tá. (Teresa sabe que não adianta querer contrariar PP, ele é o dono, e ela obedece às ordens, e quase sempre — importante que se diga — as idéias de Pedro Paulo dão certo. "Não é à toa que ele chegou aonde chegou.")

— E não põe meu nome no meio disso não, hein; se precisar de alguém, chama a Tatinha, ela é bonita e segura isso. Diz que ela será a estilista italiana que vai trabalhar em parceria com os melhores designers brasileiros, para desenvolver o melhor sapato do mundo. Salvatore Ferragamo já era.

— Certo.

— Escuta, e pensa um nome para a Tatinha, uma estilista italiana não pode ser chamada assim, Tatinha. Sophia Loren, Gina Lollobrigida, percebe a diferença? Inventa um nome para essa menina também. Gioconda, que tal?

— Eu acho bom...

— Gioconda... Agora, só falta o sobrenome. Ah, não esquece de avisar a ela que é para falar em italiano, carregar no sotaque, isso ela sabe, não sabe? Prepara ela todinha, Teresa: nasceu em Milão, estudou estilo em Paris, veio para o Brasil convidada pela SLC, que descobriu — atenção, descobriu — o seu trabalho na Feira Internacional de Calçados, em Amsterdã, a maior feira do mundo, tipo uma bienal internacional de sapatos e sandálias. Sei lá, uma porra assim, você sabe criar história melhor do que eu, você não é escritora? Pois então, aproveita essa sua veia literata (sic!), inventa uma história toda e treina a menina bem treinadinha. Se não, ela vai dizer que mora na Penha, que o pai é um fodido, mora lá naquele bairro italiano de São Paulo, Mooca ou Bixiga? Qual é mesmo esse bairro, que eles adoram reproduzir na novelinha das sete...

— Não sei não.

— Não sabe, Teresa? Só tem cantina e toalha xadrez. E a italianada fica se sentindo em Roma... Bixiga, acho que é Bixiga. Cuidado hein, Teresa, cuidado com o Bixiga. Essa menina, aliás, tem cara de Bixiga. Ensaia ela, Teresa, ensaia direitinho; bem treinadinha, ela faz até italianinha na próxima novela das oito. Manda a menina dizer que é filha de um alfaiate tradicional, hoje um dos maiores alfaiates de Londres, que ela conviveu desde menina com os maiores nomes da moda, etcetera e tal. Cria tudo: princípio, meio e fim. Gioconda Fantini, acho que soa bem, o que você acha?

— Está legal — Teresa ri.

— Vamos chamar ela aqui logo. Tatinha...

— Sim.

A paulista descendente de italianos chega à sala do *big boss* acanhada e tímida, mal conseguindo olhar para o chefe.

— Tatinha, estou precisando de uma ajuda sua. Nós estamos fazendo um negócio com uns italianos e precisamos de que alguém daqui faça essa ponte. Aí eu pensei em você e a Teresa achou a idéia ótima. O que você acha?

— Tudo bem... Você quer o quê? Que eu fale em italiano?

— Isso é só o início da história. Mas não pára aí não. Você tem que se vestir como uma italiana, *capisci*? Põe esses peitos para fora, *va bene* — sacaneia Pedro Paulo.

A italianinha fica vermelha, o rosto parece queimar.

— Ah, só mais uma coisa: esquece Tatinha. De agora em diante, nada de inha; você é Gioconda Fantini, ok?

— Mas para que isso? — pergunta a quase ex-Tatinha.

— Isso é outra história. Teresa te conta. Tchau, Teresa, tchau, Gioconda, a nossa italianinha, agora Gioconda Fantini.

O chefe vai embora feliz da vida, recompensado pela grande idéia do dia.

E Tatinha fica ali, com Teresa, tentando entender a história.

Capisci?

*

— Teresa! Puta que pariu! Você viu? Saiu! Estamos na mídia! E que matéria bárbara, você consegue quando quer, hein — diz Pedro Paulo logo ao chegar à SLC.

— Ficou legal, também achei.

— Legal? Do caralho! Já mandou comprar a revista?

— Já, mas a Rita foi em dez bancas e está esgotada.

— Puta merda!

— Ué, melhor, não é não? Mais gente leu!

— Não, a gente precisa de umas revistas dessas. Liga para o distribuidor, acho que é em São Paulo. Pede para a Fátima tirar uma passagem e manda alguém para São Paulo. Agora. Compra quinhentas revistas dessas.

— Quinhentas?

— É, vamos mandar para a italianada toda, para os concorrentes, para os amigos e inimigos também, claro! Para esses, você põe uma etiqueta tipo brinde, cortesia, alguma merda assim de natal, para não saberem que foi a gente que mandou. Não vamos dar de otário, não é? Agora, antes disso, pega lá uma champagne, vamos comemorar. Isso merece, chama o João e o Zeca.

— O João não veio. E o Zeca já foi embora.

— O João avisou alguma coisa?

— Para mim, não.

— Fátima, liga para o João. Quero saber se ele já viu essa matéria. Vou mandar esse cara ir passando pelas bancas e comprando as revistas. Vai que não tem na distribuidora e aí a gente se fode. Opa, olha a champagne aí.

Pedro Paulo brinda com Teresa o gol de placa: a SLC é capa da revista de moda mais badalada do Brasil.

— Puta champagne vagabunda... nacional, só podia ser! Quem foi o filho da puta que comprou essa champagne, Fátima? Melhor se tivesse comprado uma cachaça lá da sua terra. Depois você descobre quem foi, e diz que eu nunca mais quero ver essa champagne por aqui; aliás, esse champagne, champagne é masculino, não é, Teresa? Não sei quem inventou essa, o champagne, é cada uma! Quer dizer que nem o Zeca está aí...

— Não, mas todo mundo vai estar na festa hoje à noite.

— Ih, é, já ia me esquecendo, hoje tem festinha... Maravilha: junta revista, vamos dar uma para cada associado (Pedro Paulo gostava de acompanhar as tendências do mercado, também "a nível" lingüístico: ele via as palavras nas revistas de moda e logo incorporava. "Impactante é uma palavra bárbara, funcionário é uma palavra péssima, nunca mais fale isso. Parceria também. Põe no lixo. Hoje todo mundo é parceiro"). Essa turma vai vibrar hoje, além do whisky — você comprou, não comprou, Teresa? — ("hum, hum") e do pagode, eles vão se sentir sócios da SLC, "a empresa latino-americana que vai sapatear por toda a Europa", isso injeta ânimo na rapaziada, o cara se sente importante de estar trabalhando numa empresa que é capa de revista, *capisci*? Puta que pariu, Teresa! De onde é que você tirou esse slogan? "A empresa brasileira que vai sapatear por toda a Europa", é do caralho, onde é que você tirou essa?

— Sinceramente? Vi num anúncio de uma revista italiana. Fiquei até com medo de eles reconhecerem...

— Só você. Você acha que esses jornalistas sabem de alguma coisa? É tudo filhote, Teresa, ninguém sabe de nada. Tudo fraldinha. Quem sabe é você. O que a gente disser, eles acreditam. Você acha que alguém está preocupado nesse país com a verdade?

O telefone toca, Pedro Paulo atende.

— Nelsinho? É, também achei. Ficou bacana, é, ficou. Eles já vinham querendo fazer uma matéria com a gente há muito tempo, mas eu vinha segurando, tem sempre uma turma de olho grande, eu sempre acho que é melhor ficar neutro, sabe como é. Mas aí o cara pediu tanto, que eu deixei a Teresa falar um pouquinho, dei um brinde de natal para eles... hoje deve estar todo mundo rindo... — sorri o *big boss*, com os pés sobre a mesa, o *champagne* na mão, e umas cem revistas já empilhadas sobre a mesa.

*

Espero o horário da saída.

(O sino tocar. A professora dizer: pode ir. Espero a ordem.)

Afinal, sou eu quem tem que preparar a festa de fim de ano, o "momento de confraternização". Lá vamos nós de novo para o amigo-oculto; de novo, ouviremos músicas num som vagabundo estridente e tomaremos guaraná em copos plásticos e comeremos os salgadinhos já frios. Já cansei de pedir a Pedro Paulo que mude essa festa, mas ele diz que é melhor tratar macaco como macaco; e que gente que faz sapato gosta é disso: cerveja, empada e croquete. Então, fiquemos assim.

De todo jeito, preferi passar em casa — afinal, é a primeira festa da SLC que vou estar com João.

— Você chega a que horas? — pergunto a Maíra, que está de saída.

— Eu vou dormir na casa do Alex.

— Como assim? Dormir na casa do Alex?

— Da mesma forma que você dorme no apart do João.

— Eu já tenho quarenta anos, Maíra.

— E eu, 18, mãe. Ou ele pode vir dormir aqui, já que você não vem mesmo?

— Quem disse que eu não venho?

— Ah, mãe, precisa dizer... Festa na SLC, você e João...

— É provável, mas não é certo. Por isso que eu queria que você ficasse em casa com seus irmãos.

— A Rosa está aí.

— E a mãe do Alex?

— Ela não se mete. Acha que é melhor a gente dormir lá do que estar na rua.

— Por quê? Só tem essas duas opções?

— Só; já que a terceira, que seria ele dormir aqui, você não deixa.

— É, por enquanto não, Maíra. Eu acho estranho.

— Da mesma forma que nós três achamos estranho o João ter dormido aqui. Você pode ter achado o máximo, mas a gente achou esquisito pacas.

— Quem achou estranho?

— Eu e Flavinha, pelo menos. Foi horrível sentir que tinha um estranho aqui em casa.

— Estranho?

— Estranho, o cara nunca vem aqui; quando vem, dorme.

— Para mim ele não é um estranho. Eu conheço bem o João.

— Não parece, mãe, se conhecesse, não ia preparar a maior mesa de café...

— Escuta, Maíra, você faz o que quiser. Eu tenho que ir embora, senão vou ser a última a chegar.

— Vai, então. E boa noite, mãe. Amanhã, a gente se fala. Eu ligo quando acordar. Boa festa!

— Obrigada, se eu for dormir com João, eu venho cedo para casa, já que é folga da Rosa.

— Combinado; beijo, mãe (Maíra sai batendo a porta com força, como ela sempre faz).

— Tchau, e vê se não bate mais a porta assim.

— Ah, mãe, não enche.

Teresa chega ao salão de festas do Olaria Futebol Clube, onde vai acontecer, mais uma vez, a "confraternização" da "empresa do ano no setor varejista" (título ganho dias após no jornal de comércio mais importante do país, motivado naturalmente pela capa da revista badalada, a *in*, a que sabe das coisas, a "formadora de opinião").

"Nada como ser formador de opinião. O formador de opinião tem direito a tudo", diz Zeca na reunião com as equipes de loja. "Por isso, vocês têm que estar antenados, sempre vendo quem sai no ranking dos mais badalados da semana, aqueles que mais aparecem nas revistas. Aí, se esse cara entra na loja, tem que ter tratamento de rei... Formador de opinião, artista, jogador de futebol e rei são as mesmas coisas", profetiza o "inzão".

A diretora de *marketing* não é rainha (porque não quer, porque prefere ser Gata Borralheira do que Princesa — sai dessa, querida!), mas com certeza está bonita, mais bonita do que nos dias de semana. "Dei uma arrumada, claro, escova, maquiagem.... festa é festa!" Teresa fala com um, fala com outro. Busca João. "Cadê? Será que ele não chegou?"

A maior parte dos funcionários da SLC já está bêbada. A música toca alto, "um pagode do mais alto nível", informa Paulinho, animado com Regina, hoje de verde-periquito, com os peitos mais para fora do que durante a semana, quando eles são obrigados a ficar apertados em *tailleurzinhos* vagabundos (que mau humor, querida! Deixe a periquita livre! Cada um na sua... Liberté, égalité, fraternité, n'est-ce pas?...).

Não vendo João, Teresa procura Henrique. Olha para um canto, olha para outro. Nessa conferida, ela vê o que jamais imaginou ver. João está com Daniela. Sim, só pode ser Daniela. "Senti uma coisa muita estranha. A minha boca secou, eu não conseguia falar, eu pensei em voltar, mas como? Não, não podia ser ela. Ele disse que não costumava levar a mulher às reuniões de trabalho; na B&C — um dia ele me contou —, ele chegou a ir a Paris para um jantar com o presidente da empresa, todos os colegas aproveitaram e levaram as mulheres, a família inteira, e ele não, foi sozinho."

— Podem me achar esquisito, gay, o que for, dane-se, mas eu não levo mesmo. Faço questão de não misturar vida profissional com vida pessoal. Não levo mulher de cabide.

Mas agora ali estava João, a uns dez passos dela, com uma mulher. A sua mulher. Com eles, naturalmente, senhor e senhora Pedro Paulo Cunha e senhor e senhora Henrique

Valladares. Teresa ouviu um eufórico Pedro Paulo chamá-la. "Não podia escapar, tive que ir."

— Teresa, você já conhece a Daniela, mulher do João? Mulher ou esposa, hein, Teresa? Pouco importa — Pedro Paulo ri, todos acompanham.

E o *big boss* continua:

— Até que enfim o cara resolveu tirar a pérola do armário (nessa altura, PP já mostrava seu verdadeiro berço, Nilópolis, culpa talvez das doses do uísque que ele mesmo mandava comprar para a festa, um falsificado do pior tipo). É, acho que o homem tem ciúme da cria, e eu vou te dizer, hein, João, dessa vez você tem razão. Você é linda, Daniela. Linda, não é, Teresa?

Teresa não viu outra saída a não ser confirmar e falar com todos como se nada estivesse acontecendo.

(Quantas vezes não me imaginei xingando os outros, mandando os outros à merda, à puta que pariu, dizendo o que penso e sinto; com raiva, muita raiva; quantas vezes não me imaginei quebrando estantes e vidros, jogando as roupas do homem pela janela, quebrando todos os seus perfumes, jogando CDs no lixo, queimando fotos, sempre tive inveja dessa absoluta coragem, dessa liberdade, dessa falta de medo. "Falta de princípios", diria minha mãe — sempre a mãe do ano na escola em que estudávamos. Falta de princípios é o caralho. Excesso de medinho, tolerância, "uma característica feminina, de gente de bons modos e bem-educada", insistiria mami.)

— Daniela, essa é a nossa diretora de marketing, nossa coringa, aqui ela faz de tudo, bate um bolão, é ela que organiza essa festona aqui.

"Morri de vergonha. Não consegui nem retrucar: essa festa brega, que você com certeza está achando brega, e João também, brega, eu faço porque ele manda, brega", "cada macaco no seu galho, se quiser sofisticar, Teresa, o cara nem aproveita, não adianta servir caviar para porco".

Teresa fala com todos, dá dois beijinhos em João, que a cumprimenta formalmente, como uma colega de trabalho. "Eu não quebro não", ela se lembra. Teresa sai, visivelmente perturbada, quebrada de cima a baixo. Henrique percebe e vem atrás.

— Não disse que era uma fria? Ele não me avisou que ia trazer a mulher, senão, eu tinha te avisado. Eu também levei o mesmo susto que você, o cara é casado com uma menina, podia ser minha filha; sua filha, quase. Se eu soubesse, juro, eu tinha te avisado, você inventava uma mentira qualquer e não vinha. Mas é isso, ele trouxe. E não é para te sacanear não — o homem estava lá de beijos e abraços antes de você chegar. Você viu, não viu? Eu disse. Estou vendo, estou percebendo como o cara é, sei como funciona cabeça de homem (Henrique parecia se vingar), mas você é teimosa, está achando que o cara está apaixonado... Homem é assim mesmo: se deu sopa, come.

— Ele não me disse que ela vinha. Ele não me disse.

— E precisava dizer?

— Escuta, Henrique, eu estou mal, eu tenho que ir embora. Eu vou embora.

— Olha lá, olha mais uma vez para não esquecer, para prestar mais atenção ao que eu falo: olha lá seu namoradinho, aquele que ia casar com você de tanta paixão, olha lá a paixão, beijos e mais beijos na boneca, parece até que é de provocação, mas não é não, que ele está assim desde que chegou. Vai ver é o whisky...

— Se o Pedro Paulo perguntar por mim, diz que eu tive que sair, tomar umas providências, ou sei lá, diz que minha filha ou minha mãe, tanto faz, estava passando mal e eu tive de ir. Aqui eu não posso ficar.

— Vai perder a festa por causa de um cara que você mal conhece?

— Mal conhece? Eu estou apaixonada por ele, Henrique.

— Desapaixona. Não se apaixonou de um dia para o outro? Desapaixona também assim. De um dia para outro. Você sabe que não dá. Ou vai querer competir com a menina?

— Escuta, eu estou me sentindo mal. Sai comigo.

Os dois saem do salão, Henrique acompanha Teresa até o elevador.

— Pensa direito, Teresa, esquece esse cara. Daqui a pouco outro aparece. Foi só um caso, um conto de verão, como meu pai costumava dizer. E já naquela época, hein. Se bem que...

— Volta para a festa, Henrique. Você não tem nada a ver com isso.

— Tem certeza que é isso que você quer?

O elevador chega e dentro dele Teresa parte, absolutamente partida (querida, parte partida... eu sei que o momento é difícil, mas não escorregue na linguagem, você é antes de tudo uma escritora... ou quer apenas escrever?).

"Chorei como nunca chorei em toda a minha vida. (Oh!) Levei um soco no estômago, a sensação era esta. Eu vi João dando um beijo em Daniela. (E homem lá liga para isso?) Um, não, vários. Na boca. E ainda dei dois beijinhos nela e dois beijinhos nele, como uma cretina, uma imbecil. Como se nada tivesse acontecido."

— Você viu o que buscava ver.

— Como assim?

— Você já sabia disso, Teresa.

— Sabia? Então, você acha que eu sabia que ele ia à festa com a mulherzinha a tiracolo?

— Não, estou falando que você já sabia que ele era casado.

— Era a festa de fim de ano da SLC. Ele marcou comigo.

— Marcou como? Vocês combinaram algo? Ele avisou que ela não vinha?

— Não, mas para mim isso era óbvio.

— As coisas não são óbvias. O que é óbvio para você pode não ser para ele. Por que ela não viria?

— Porque ele me disse que nunca levava a mulher a lugar algum; porque ele está tendo um caso comigo.

— Você agora disse bem: um caso com você.

— Engraçado, quando eu falava "um caso", você dizia que a gente estava namorando. Agora você diz que é um caso.

— É você que está dizendo, eu só estou repetindo o que você acabou de dizer.

— Estou ferrada, Anita. Não sei o que eu vou fazer. Não sei como eu vou continuar na SLC.

— O que uma coisa tem a ver com outra? Você já trabalhava lá antes de ele chegar.

— Mas agora é diferente. Perdeu a graça. Vai ser uma droga. Eu não sei por que ele fez isso contra mim.

— Por que contra você?

— Por que não seria?

— Não sei, pode ser que a mulher tenha forçado.

— Ele não é homem para isso, para obedecer; ele podia ter inventado uma mentira qualquer.

— Você não sabe. Você sabe muito pouco da relação dele com a mulher.

— É. E agora?

— Agora nada. Você está magoada, e isso é natural. Mas não ache que a sua vida se resume a isso.

(Silêncio. O silêncio que prepara o fim da sessão, sempre depois de uma frase de efeito, frase de fechamento, uma "moral da história", para você concluir — sozinha, no caminho de casa — o que a "sessão" deixou em suspenso.)

— Por hoje é só, Teresa, até quinta. ("Estava certa: fim da sessão. E sem conclusão.")

*

Enxugo os olhos para os outros não perceberem que, em plena manhã de uma segunda-feira ensolarada, uma mulher chora em Copacabana. Quase caio num buraco da calçada. Tenho vontade de cuspir no homem que estica e puxa a mão; até nesse dia ele lá está, impassível, como se nada tivesse mudado, como se a vida fosse a mesma da semana passada. Tudo está igual em Copacabana, menos eu. E nem chances tenho para me recuperar. Aliás, já tinha tido o fim de semana, tempo mais que suficiente. "O empregado tem direito a folga de três dias quando do falecimento de cônjuge, filho ou filha, pai e mãe." E era apenas um namorado (namorado?).

— Sacana — falou Laurinha —, eu estava sentindo que esse cara não presta.

— Esses homens são todos uns cavalos.

— De novo, Teresa? Não me diga que você vai entrar na mesma fossa... ainda não aprendeu, não?

— Dane-se, daqui a pouco a mulher dele já está em São Paulo e você é que está com ele na cama.

— Você esquece.

— Acostuma.

— Passa.

*

Comigo não passa, não. As coisas comigo demoram a passar. Doem. Ferem. Nada alivia. Pelo contrário: o meu homem prestava. Eu não podia achar de um minuto para outro que ele não prestava. Eu não podia crer que ele não era o que eu imaginava que fosse. Como? Eu então era a louca?

(Na verdade, eu nunca entendi as coisas que acontecem de um minuto para outro. O barranco caiu e a menina morreu. Até hoje me lembro do seu nome na folha do jornal, Olívia. Ninguém deve ter prestado atenção a isso. A um nome, um nome de uma menina que morreu em um barranco. Tem anos passados. Mas eu prestei. Uma menina de três anos morreu, porque a chuva soterrou sua casa e a mãe não teve tempo de socorrer os seis filhos. Olívia. Li essa matéria quando tinha 13 anos e nunca mais me esqueci. A morte me persegue. Vou à página de anúncios fúnebres: "nosso estimado marido, pai, avô", ah, bem, já era avô, devia ser velho, então, ok; doía menos que "nosso amor que se foi de forma tão trágica". Não foram poucas as vezes que chorei pelas vidas breves, pelas mulheres que ficaram, os filhos que se foram, como terão partido? O cemitério americano, a grama verdinha e aparada, as lágrimas, como uma cena de filme, pessoas de preto, o véu, o padre. Os enterros de antigamente. Ou os enterros das cidades do interior. Pequenos caixõezinhos desfilando pelas ruas, aquela gente tão pobre, tão quieta, nenhum grito, nenhum desespero, crianças brincando no meio do velório, como uma celebração, mais um rito de passagem. Como? Como as coisas podem acontecer de um minuto para outro, e agora ainda em nova versão, mais global, instantaneamente: achamos aqui a bala perdida lá, vemos a refém pela televisão, ao vivo e em cores, um desastre de carro, um ato terrorista, fulminante, *Why?* — estava escrito num pôster sobre a imagem de um soldado do Vietnã tombando, que eu vi numa loja e também nunca mais esqueci, mesmo já com mil outras guerras depois dessa, mesmo com todos os filmes já feitos. A partida súbida, sem aviso e sem alarme, sempre me fulminou, como se para tudo devesse haver uma causa e uma conseqüência — vida, nascimento e morte, e, quando as coisas não são assim — e a vida não é assim —, eu me ferro, me fodo de verde e amarelo.)

*

Teresa chega à SLC com o coração disparado. Ela desconfia que João não está lá. Mas ele está. E, se está, alguma explicação há de lhe dar. E tudo acabaria bem: "acontece". Já tinha pensado até na resposta que daria se alguém perguntasse por que ela foi embora da festa tão cedo. Mas, surpreendentemente, ninguém perguntou, e assim, ela não teve nem chance de tocar no assunto, saber um pouco mais sobre João, a que horas ele tinha ido embora, se tinha feito alguma extravagância. Afinal, numa festa de fim de ano, tudo pode acontecer. Mas ninguém falou nada, nem Rita, como se a festa já fosse acontecimento do ano velho. E era mesmo, já que faltavam poucos dias para a virada do ano.

— Falando nisso, já mandou tirar as árvores, Teresa? — perguntou Zeca.

— Hoje?

— Claro, está tudo velho. Natal já foi.

— Achei que a gente ia ficar com as árvores até dia seis.

— Por que seis? É número cabalístico?

— Não é por isso, Zeca, árvore, a gente só tira no dia de sei lá quem... de um santo aí... você não viu a da Lagoa?

— Isso é imbecilidade, Teresa, coisa de brasileiro! Natal não tem nada a ver com réveillon. Natal é salto alto, vermelho e dourado. Réveillon é sandália rasteira, prata, muito branco... Uau, tive uma idéia... Cadê aquele álbum de Bali, Rita?

— Bali?

— É, vamos fazer um revéillon tropical, tipo Bali. Exatamente, uau! — grita Zeca, entusiasmado com a "nova idéia". — Faz o seguinte, Teresa: vira a loja. Tudo que está atrás vem para frente; tudo que está na frente, vai para trás. E faz as vitrines com uns coqueiros, muita areia no chão e só sandália... para homem e para mulher, certo? É isso, réveillon é sandália!

— Escuta, mas como é que a gente vai fazer isso hoje?

— Como assim, hoje? Vai fazer como no ano passado, darling. Igualzinho. Tira todo mundo do escritório e manda para as lojas. Não tem nada para fazer aqui mesmo. Aí é só virar, exatamente igual ao ano passado, easy!

— Duas noites sem dormir, *easy*?

— Ué, mas não tem o revéillon? Aí todo mundo descansa...

— E a areia, Zeca, onde é que a gente vai arranjar essa areia toda?

— What's the problem?

— Areia...

— On the beach, darling... on the beach! Ipanema, Copacabana... até Flamengo, se você quiser. Se bem que eu acho melhor não pegar areia no Flamengo, não. Areia do Flamengo tem cara de areia do Flamengo. Pensando bem, Teresa, pega só areia de Ipanema. E Rita, manda fazer uns banners "réveillon é sandália!". Não vai ficar bárbaro?

Teresa fica muda. "Puta que pariu, vai ano, vem ano, esses caras não mudam. Decidem tudo em cima da hora. Por que não falaram antes?", reclama ela com Rita.

— Porque aí não ia ter gosto, chefinha. O pessoal daqui gosta disso: gincana.

É o bode, pensou Teresa. O bode que João falou. Entra ano, sai ano, ninguém mais sente o cheiro do bode.

*

Pedro Paulo bebe sua água de coco, quando chama a diretora de *marketing* ainda envolvida com as fotos de Bali — era preciso copiar detalhe por detalhe, até o grão da areia — "tem que ser essa areia branca, fininha, com cara de praia particular, de chaise longue para esticar o corpo, tomando um martíni, aqueles garçons de cara ótima servindo... uau! como Bali... e a palmeira também, Teresa, vê se não escolhe essa palmeira que tem em tudo que é quiosque de esquina, esses quiosques vagabundos que vendem esses vasinhos de monsenhor embrulhados em papel celofane, cruzes, que coisa mais Finados, só de pensar olha como eu fico, todo arrepiado, eca... foge disso, Teresa, foge dessa cafonice, compra aquela palmeira nobre, importada, linda, alta, bem fininha, chic, acho que é japonesa, ou chinesa, sei lá..."

— E aí, Teresa, gostou da festa? — Pedro Paulo interrompe as instruções de Zeca.

— Uhm, uhm, foi tudo bem, não é?

— Tudo bem. O paulista que se revelou, hein? Eu cheguei até a desconfiar que o cara era gay, sempre sozinho, e de repente o homem aparece com uma loura daquelas; uma ninfeta, a menina. Uma porta, não sabe de nada, mas isso, o que importa? Ça m'est égal... Gente inteligente, a gente não precisa na cama, precisa só no escritório. ("Fiquei passada. Então, eu servia para o escritório, não para cama.")

— Exceto você, Teresa — brinca o chefe, como que percebendo a raiva da diretora. — Escuta — continua ele —, já fiz o balanço do natal. Foi o pior dos últimos seis anos.

— Para todo mundo, né, Pedro? O país está mal.

— Então, se não dá para vender mais, a gente tem que gastar menos. Cortar gastos, o Henrique tem razão. E começa pela folha de pagamento.

— Não vai me dizer que você vai mandar gente embora às vésperas do ano novo?

— Hoje, se possível, hoje. Aí cada um já sabe se vira o ano de Moet Chandon ou de cachaça.

("Empresário é foda, não quer nem saber. Mas foda também era eu, que não contestava nada, maria-vai-com-as-outras, como no livro de Sylvia Orthof que eu costumava ler para Lucas." "Quem pode, manda. Quem tem juízo, obedece", justifica Catarina, a *visual merchandiser* da SLC, sempre que fazia algo contra a sua vontade. (Good! Very good! Visual merchandiser — bem melhor que vitrinista, querida! Um bacio para você. Vitrinista não é nada, aliás é: categoria de gente pobre, que fica espetando o dedo, trocando as roupas dos manequins caindo aos pedaços das lojinhas de tecido da esquina. Visual merchandiser ninguém sabe o que é, mas isso que importância tem? Victoria's Secret é! Pensa bem: que graça teria o Segredo da Vitória? Parece Cajado de Ouro, nome de armarinho de esquina. Já Victoria's Secret não, Victoria's Secret é!)

"Qualquer palavra traduzida para o português vira uma merda, titica de galinha, impressionante essa nossa língua, não tem o menor charme; por isso que Portugal não foi para frente", diz Pedro Paulo olhando a foto de Bali. — Manda colocar as frases em inglês, Teresa, fica melhor. Faz igual a Bali. Se não fosse esse país de merda, esse bando de fodido, a gente já estava longe, que criatividade aqui é o que não falta. Mas, enfim, já que não é assim, vamos ter que passar a faca. O João fez um levantamento. Ele preparou até uma listinha, o cara adora listinhas. Acho que são umas vinte pessoas. Só que a gente tem que fazer o negócio certo. Você tem que preparar uma cartinha para o cara assinar na hora, para evitar complicação depois. Vai lá, pega com João os nomes, faz a cartinha e me mostra. Já deixa tudo preparado. Quando tiver tudo certo, a gente detona. E bico calado, hein, Teresa, esse negócio não pode vazar para ninguém: não por causa das pessoas, que estou pouco me lixando para esse pessoal daqui, um bando de peão que não sabe de nada, mas por causa da imprensa — jornalista adora isso — poder dizer que a empresa está mal, vendeu pouco, e por isso está demitindo; esses caras são todos uns fodidos, por isso adoram ver gente fodida também, quanto mais gente fodida, melhor; você vê, o que eles mais gostam é botar na primeira página o cara tirando meleca, dormindo, levando uma torta na cara, é impressionante, tem sempre alguém com a máquina pronta para isso, eles gostam de merda, viu, adoram ter notícia ruim para contar. Se a gente deixar, eles falam meia página que a gente está fodido...

— E não estamos?

— Pode ser, mas se alguém achar que é, aí que o barco afunda de vez. Muito melhor dizer que as demissões fazem parte da atividade varejista, a empresa está em fase de reestruturação — e todo processo de reestruturação exige substituição, renovação, enxugamento de algumas funções, contratação de gente por outras, alguma coisa por aí, você sabe, vai! Assim, a gente não fere ninguém, ninguém fere a gente e tudo acaba bem. Aliás, Teresa, se alguém ligar para cá perguntando sobre os resultados do natal, diz que os resultados superaram as expectativas, que a gente vendeu cerca de vinte por cento além do ano passado.

— E se o cara quiser saber quanto?

— Aí você não diz. Pergunta para ele quanto ele ganha, simples, quero ver se ele vai dizer.

— Você sabe que os caras adoram números...

— É, eles acham que as palavras podem mentir, mas os números não. Bela cretinice. Não fala nada, Teresa, desconversa, finge de boba. Se o cara insistir, você diz que não sabe ao certo o valor, e repete: o resultado superou todas as nossas expectativas, foi acima de vinte por cento do que prevíamos.

— Ok, e as vinte pessoas, que dia vai ser essa demissão em massa?

— Sexta. Demissão é sexta, fim da tarde, você ainda não sabe disso? Segunda, já deu para todo mundo digerir, e a empresa já começa a semana de cara nova, de pé direito. As mágoas ficam do lado de fora. Ano novo, vida nova, Teresa. Prepara tudo para sexta, lá pelas cinco horas, é o João quem vai ficar por conta disso. Eu não vou estar aqui, já vou estar quase chegando a Miami.

— Logo no dia do meu aniversário, hein, Pedro. Que presente!

— O que uma coisa tem a ver com a outra? Fica tranqüila, Teresa, você não está nessa lista não. Avisei para os caras: tirem todo mundo que quiserem, agora, a Teresa não. Quando eu voltar, a gente sai para comemorar o ano novo e o seu aniversário. Aliás, vou trazer seus presentes de lá. O que você quer?

— Nada, Pedro.

— Que nada o quê... já sei o que vou comprar para você... Agora, vai lá no João, pega logo essa lista, redige a carta, que eu vim só para isso. Tudo certo?

— Tudo. Tudo certo.

— Fica tranqüila, Teresa. Vai dar tudo certo.

*

Caminhei até a mesa de João. Ele estava como eu mais gostava. Com *jeans* e camisa branca, quase um homem comum, cheguei a pensar que João tinha se arrumado para mim, como um pedido de desculpas. Pensei que ele se desculparia. Pensei que ele pediria mil vezes perdão.

Cheguei. Olhei para a mesa dele: tudo estava como antes do natal e da festa. Também ele deveria estar.

— O Pedro falou que você tem uma listinha de nomes. A lista negra.

— Antes de mais nada, bom dia, Teresa.

— Bom dia, João.

— Como foi de natal?

— Bem e você? (não conseguia entender como ele tinha coragem de me fazer uma pergunta dessas, e pior, como eu também conseguia responder daquela forma).

— Tudo certo. Não vi mais você na festa da SLC.

— É, fui embora cedo.

(Achei que ele ia tocar no ponto. Não, não tocou. Errei, mais uma vez.)

— A lista é esta aqui. Prepara uma baboseira qualquer, tipo, agradecemos sua colaboração, mas a empresa está passando por uma reestruturação e tal... No final, põe que a gente deseja boa sorte.

— Ah, você também é adepto do "Boa Sorte"?

— Como assim?

— Nada, é que o Pedro Paulo, quando demite alguém, demite em três minutos, e no final, ainda tem a cara de pau de desejar para a pessoa "boa sorte". Nisso, então, vocês são iguais...

— Você queria que a gente falasse o quê? Tenha uma má sorte?

— Sei lá. Cadê a lista?

— Está aqui, e olha, não precisa ficar chateada pelas pessoas. Emprego já era. Agora, é job.

Peguei a lista e senti a distância que existia entre mim e João. *Job.* Mas eu precisava entender. Precisava, mais do que queria. Entender. Como pode? Deixei a resposta para a noite e fui para o computador. A lista era negra.

*

"Acho que mulheres sabem, sempre, o que está acontecendo. Mas insistem com a complexidade. Ser humano é um artista para perder o foco. Tem que colocar um buquê, um rodeio, umas caras e outras bocas, presentinhos, versos pífios. Quando tudo o que de fato interessa é a palavra e aquele quarto" (continuação do *e-mail* de Claudio, meu amigo escritor advogado).

*

— Puta que pariu, Teresa, que carta! Quase chorei — diz Pedro Paulo. — O que cai na sua mão vira ouro. Ghost-writer de primeira. O João já viu?

— Não.

— Não precisa nem mostrar. Está espetacular, es-pe-ta-cu-lar! O cara que receber isso é capaz até de emoldurar e pôr na sala de visita. Dá para o João assinar; sexta, entrega todas para ele e pronto, missão cumprida. Estou indo; já que a gente não vai mais se ver, feliz ano novo, Teresa. Ah, e feliz aniversário também.

Pedro Paulo partiu.

Sozinhos no salão da SLC, a diretora de *marketing* e o diretor-geral.

*

João estava livre para me dizer o que quisesse. Não havia ninguém para escutar. Ele poderia me escrever um bilhete, poderia me chamar pelo ramal, poderia me ligar pelo celular, poderia marcar um encontro, poderia até me dar um beijo na boca, de perdão.

Ou paixão. Mas, de repente ("de repente, não mais que de repente..."), vejo João se levantando, vindo até a minha mesa, colocando as cartas já assinadas ao lado do computador, fazendo seu sinalzinho de ok com a mão, pegando suas coisas e partindo. Assim, sem mais nem menos. Sem dizer uma palavra sequer. E eu fiquei, para variar, como sempre, mesmo sem nenhum trabalho a fazer (aliás, nenhum jornalista telefonou), fiquei, até o final do expediente. "Funcionária-padrão". Às sete em ponto, apaguei a luz e dei boa noite ao segurança.

— De que você tem tanto medo? Ou melhor, de quem será que você tem tanto medo? — foi a pergunta que ouvi Anita fazer, ao passar pela avenida Brasil, numa noite de chuva, cheia de pivetes. Deles, com certeza, não era.

*

Telefonei para João já da avenida Brasil, no meio de poças e raios, mesmo assim, corri o risco e fiz a ligação. Ele não respondeu. Liguei uma, liguei duas, liguei cem vezes — ele não atendeu. Cronometrei o tempo que ele levaria até o apart, liguei para o apart. Ele não atendeu. Esperei seu telefonema em casa; ele não telefonou. Não sabia mais o que pensar. Acabou, tudo, assim? Era a mulher que ele queria, e aquilo foi um aviso? Para Maíra, sim — mais uma vez, não agüentei e acabei contando para minha filha o que talvez não devesse contar. "Mãe, acabou, se ele veio com a mulher no natal, se não falou mais nada com você, mãe, é porque ele não está a fim." "Mas como?" "Mas como o quê, mãe? Ele não está mais a fim, só isso." "Só isso?" O que para minha filha era claro, simples e óbvio, para mim era um verdadeiro escândalo: como assim? Só isso? Como? Aparecer no natal com a mulher e não falar nada comigo? Estar na empresa e não falar nada comigo? Em uma semana, dormir pela primeira vez na minha cama e depois fingir que nunca me viu? O que tinha feito eu de errado?

— Por que você está sempre se julgando? Quem é esse juiz que aponta o dedo para você o tempo todo?

— E eu lá sei... Se eu soubesse, não estava aqui. Você sabe?

— Não, nós estamos aqui tentando descobrir. Descobrir, tirar a coberta — disse Anita, fazendo jogo de palavras, acreditando que as palavras têm sempre um sentido conotativo.

*

Ora, sejamos objetivas: eu é que tinha escrito as cartinhas. Eu sabia de tudo e tive que fingir que não sabia de nada quando cheguei sexta à SLC. A aniversariante do dia. Cada beijo que eu ganhava, cada abraço que eu recebia, eu pensava: essa vai, esse não, essa sim, essa não. Traidora, Judas, que recebe o beijo de quem daqui a pouco vai cuspir na cara. E não fala nada.

Até Luana veio me cumprimentar. Luana era a diretora-executiva da empresa. Tinha muito mais trabalho do que podia sustentar. "Luana é aquela que fez a mudança de táxi especial?", perguntava Fernando quando eu contava algum fato envolvendo Luana. Aquela mesma. Pois, então, até Luana veio me cumprimentar. Acho que nem ela sabia das demissões. Ou, se sabia, deve ter se esquecido.

E, no meio dos cumprimentos, Rita, indócil para a hora do bolo, tradição nos aniversários dos chefes, o bolo e o cartão com o nome de todos e os desejos de um feliz aniversário... Pelas minhas contas, a hora do bolo ia coincidir com a chamada "hora da vassoura". Não podia dizer a Rita o que ia acontecer, mas não podia deixar aquela turma toda cantar parabéns, comer o bolinho (sempre as mesmas duas tortas, a de nozes e a de maracujá — "de chocolate, a gente faz em casa", justificava dona Palmira), e depois ter a notícia de que estava na rua.

— Mas, Teresa, seu aniversário é hoje... O Pedro Paulo não está nem aí. Não tem dia melhor.

— Vai, Rita, vamos fazer segunda-feira. Hoje não é o melhor dia.

— Mas por quê?

— "Porque hoje é sexta", não conhece esse poema?

— Ué, o que eu conheço é "Porque hoje é sábado", não é não?

— Tudo a mesma coisa — respondi *à la* PP.

*

Às cinco em ponto, João partiu para a salinha de reuniões com as cartas debaixo do braço. Pediu a Teresa que fosse chamando as pessoas. A primeira da lista negra era Janice.

Janice foi até a sala e, cinco minutos depois, voltou chorando. Os dez anos de empresa acabaram ali, num minuto.

— Mas como?

— Por quê?

— Ele disse que a empresa está passando por uma reestruturação e que meu trabalho não é mais necessário. Eu assinei uma carta e saí. Ele falou para eu passar no DP.

Enquanto Janice chorava sua demissão, Teresa chamava o próximo da fila: justamente dona Palmira, a encomendadeira de bolo, funcionária mais antiga da empresa.

— Ele nunca podia ter feito isso, seu Sérgio nunca faria isso —, disse dona Palmira ao sair da sala. — Seu Sérgio sabia reconhecer meu valor; agora, vêm esses caras aí, com essa cara de bacana, carro importado, todos simpatiquinhos, falando baixo, e te põem no olho da rua. E eu achando que o cara era fino... Nem seu Pedro faria isso comigo, duvido. Ele deixou para fazer isso justo no dia em que seu Pedro viajou — falava ela, em sua santa ignorância.

— Tudo vai dar certo, dona Palmira — consolava Rita.

— Como, minha filha? Onde é que eu vou arranjar emprego com sessenta anos?

E a fila foi andando... Depois de dona Palmira, Sílvia, que havia menos de três meses tinha largado a empresa para trabalhar na SLC, motivada pelo PRC (Programa Rumo aos Céus, lembra?); depois, Suzana, que tentou fingir que era melhor assim, "pelo menos vou receber uma grana, vai dar para acertar as contas", Juca, Paulinho ("coitado do cara, agora não vai mais poder ver os peitos da periquita", disse Henrique), a própria, e a empresa foi chorando seus mortos... ("*It's a job, only a job!*")

"Na salinha, eu via João cumprindo a missão, com seu ar *blasé*."

— Pronto, está quase acabando, agora só falta a Mônica.

— Justo a Mônica você deixou para o fim...

— Deixei de propósito. Eu sei que ela vai se revoltar. Melhor, então, que ela tenha menos tempo para isso. Já são quase seis horas e eu estou louco para cair fora.

"Olhei para Rita. Ela estava em pânico. Tive vontade de contar a ela que ela não estava na lista. Mas aí eu confessaria que já sabia de tudo."

Teresa chama Mônica, e faz o que o diretor manda.

"Cumpri a ordem. Aliás, sou ótima cumpridora de ordens."

— Você queria o quê? Hierarquicamente, ele não é superior a você?

"Disse a todos os presentes — demitidos e não demitidos — que fossem embora, que a semana estava encerrada, e que a todos eu desejava um feliz ano novo."

Fez-se um silêncio total. Logo depois, Mônica sai da sala, xingando tudo o que podia, dizendo que todos ali eram uns veados, que ela tinha perdido o emprego por um projeto rumo ao inferno, "seus filhos da puta, seus sacanas, que fazem isso depois de a gente dar o sangue no natal, você também, João, filho da puta, igual a Pedro Paulo, eu quero mais é que você seja o próximo, seu filho da puta".

Infelizmente, não havia mais ninguém para dividir a raiva de Mônica. Só Teresa estava ali: "Foi duro suportar a perplexidade da pessoa que eu mesma contratei. Tu te tornas eternamente responsável pelo que cativas, lembrei o livrinho branco com o principezinho verde e seu cabelo amarelinho, feito cachos de ouro, que eu achava que um dia encontraria pela vida (ah, santa ingenuidade! Mulheres inteligentes, escolhas imbecis; sinceramente!). Me senti uma merda."

— A empresa é sua? Foi você que mandou demitir?

— Não queira controlar o mundo. Isso é onipotência. Você só é responsável por você. E olhe lá — disse Tiago, professor de ioga que um dia eu fui procurar já com o corpo moído e a cabeça perdida.

Chamei Mônica e pedi desculpas a ela (sic, Teresa, sic!), nos abraçamos e choramos juntas, talvez por motivos diferentes, mas choramos (é seu sangue espanhol, não é?).

("Eu mereço ser feliz, pelo ministério de Cristo." Repita isso sempre que precisar ou para agradecer: eu mereço ser feliz, pelo ministério de Cristo. Esta é a sua senha, que vai conectar você com seu guardião: eu mereço ser feliz — me disse a especialista em equilíbrio energético que eu fui procurar quando já estava com o corpo mais moído e a cabeça mais perdida.)

Nem vi João pegar suas coisas. Ele não me disse ao menos "parabéns pelo aniversário". Nada. Ele não disse nada. Aliás, ele disse: "Fui."

*

Seis da tarde. João toma o avião para São Paulo. A cabeça dói. O dia tinha sido difícil. Tantas pessoas, pensa ele. "E talvez não sirva para nada; esses caras cada hora querem uma coisa, é tudo igual."

Ao chegar em casa, encontra Daniela se arrumando.

— Vai para onde?

— Vou para a praia, estou cheia, enchi de você.

— Lá vem de novo você com essa história.

— Pensa bem, todo mundo já foi, e eu aqui, em plena sexta-feira, véspera de réveillon, você sumido no mundo.

— Sumido? Você pensa que eu estava onde? Tomando chope na padaria da esquina?

— Não sei, pode até ser...

— Estava demitindo gente, você sabe lá o que é isso? O filho da puta se manda, não quer nem saber, viaja para passar o ano novo sei lá onde, e deixa uma lista de vinte pessoas para você mandar para a rua. Você acha que é fácil fazer isso, tirar o emprego das pessoas em plena virada do ano?

— Aposto que você não estava sozinho. Com certeza, estava com aquela mulher.

— Que mulher, Daniela? Deixa de ser louca, guria!

— Eu, louca? Você acha que eu sou anta, bacana? Eu vi sua cara. Naquela bosta de festa, eu vi sua cara.

— Ah, você só pode estar gozando. Eu levo você à festa e você aproveita para fazer história.

— Eu vi, o telefone é dela — Teresa —, eu já liguei e confirmei.

— Deixa de ser ridícula, garota; você foi comigo à festa, aliás, foi porque quis, foi você quem pediu.

— É, achei que valia a pena, que a cidade ainda era maravilhosa. Que engano, viu? Festa de pobre.

— Se a festa era de pobre ou de rico, caguei. Você esperava o quê da Penha? O negócio é que você foi, a gente ficou no Copacabana Palace, você acha que tudo isso é de graça? Que conforto é amostra grátis? Você almoçou na pérgula, fez massagem, limpeza de pele... (cinicamente).

— Achei que a sua empresinha merecia. Se eu soubesse que era aquilo, tinha ido de short estampado e camiseta de peão; ia fazer o maior sucesso. Agora, você, eu vi: todo de preto, perfumado, camisa nova, tudo isso para fazer bonito para aquela mulher? Ela é mais velha que você, não é não, João? E eu que achava que você tinha bom gosto. Você é igual a tudo que é homem, não presta.

— Eu? ("nem cá, nem lá", pensou João, "puta gente chata".) Eu beijei você na frente de todo mundo e você ainda reclama?

— Que importância tem isso, bacana, beijar? Beijou só para despistar, para resolver o seu probleminha. A sua sinuca de bico. Eu sei: para você, beijo não vale nada. Você beija ou não beija, tanto faz. É que nem sexo.

— Vai dar uma de romântica, agora, qual é?

— Romântica? Eu sei exatamente por que você me levou: porque eu sou bacana, sou bonita, sou jovem. Porque todos os homens da festa olharam para mim. Você gosta disso. Sempre gostou. Enche esse seu ego. E eu nunca me importei, porque o jogo é esse mesmo, sempre foi, pelo menos tem caviar e Moet Chandon. Agora, empadinha e coxinha, ninguém merece!

— Não fode, vai. Está pensando que Rio é São Paulo? Rio é Rio, São Paulo é São Paulo.

— E eu sou mais eu. Por isso, bacana, bye. Já deu.

Daniela tira a blusa, propositadamente. Ela sabe que, nua, quebra João.

João observa mais uma vez o peito da mulher (quer dizer, "namorada"). Gostosa, ele pensa. "Filha da puta gostosa."

— Escuta... — ele tenta reverter o jogo.

— Não estou a fim de escutar mais nada, carinha: você vai ou não vai?

— Como assim: vai ou não vai? Vai aonde?

— Ao réveillon na casa do Marquinho.

— Festinha na casa daquele imbecil? Nem fodendo!

— Pois eu vou.

— Se você for, leva logo suas coisas.

— Já levei.

— Como assim?

— Sabia que você não ia querer ir e ia vir com essas suas ameacinhas, sempre as mesmas. Enchi, bacana. Vou tocar minha vida.

— Ah, é assim? E você vai se virar como?

— Com a pensão que você vai me dar.

— E a faculdade?

— Idem, você vai pagar. Já conversei com o Chicão hoje, foi ele quem me disse.

"Filho de uma puta, eu achando que ele era meu amigo, aposto que ele quer é comer a loirinha, como ele diz."

— Ah é? Então vai, porra, vai!

João olha a prateleira de CDs, vê buracos. Sente-se mal: talvez seja pior perder os CDs que a mulher.

— Até os CDs?

— E por que não? E a Binoche também, hein.

— Fui eu que comprei essa cachorra, porra, você sabe muito bem.

— Para me dar de presente, esqueceu? Ou você quer de volta o presente?

("Cobrinha.")

— Quer dizer que você vai e não volta?

— Vou e volto, só não volto para cá. Assim, você fica com mais liberdade, pode chegar a hora que quiser, falar com quem quiser, curtir seu som, sua TV, passar fim de semana no Rio, viver sua vida em paz — "sossegado", como você gosta de dizer.

(Com medo, visivelmente irritado, já na prorrogação.)

— Já disse, porra, quer ligar para os caras? Eu não estava brincando, porra, estava mandando gente embora...

— Na véspera de ano novo, você quer que eu acredite nisso? Ainda mais vendo sua conta telefônica? Vai, faz o que você quiser.

Daniela continua sem blusa e o ataque vale por dois:

— Quem você pensa que é? Um deus todo-poderoso? Pode ser lá no Rio de Janeiro, bacana, para mim, já deu. Você já deu no couro. Fica aí com a sua carioquinha velha que eu estou saindo fora. Valeu.

E a jovem loira Diesel veste sua blusinha Prada, pega sua mochila Ralph Lauren, entra no elevador, balança as chaves, abre a porta do elevador, depois a porta do carro, liga a chave e sai cantando pneu na sua Pajero preta, com a cachorrinha branca no banco de trás.

"Filha da puta, ainda levou meu carro e minha cachorra", pensa o bacana na cobertura.

*

Último dia do ano. O Rio se prepara para a festa. Três milhões de pessoas vão se reunir em Copacabana. A maior parte vai de branco. Alguns levam flores e uvas. Alguns vão entrar no mar, outros vão ver o espetáculo de fogos da areia, ou das janelas dos apartamentos privilegiados da orla. Teresa se arruma para ir à praia com os filhos. Ela finge estar feliz, é preciso que Maíra, Flavinha, Lucas — e também Alex — acreditem que ela está, de fato, feliz.

— Eu nunca estou feliz. Parece que tem sempre algo me incomodando. Alguma coisa que eu devia ter feito, alguém que devia me amar, um lugar onde eu deveria estar (última conversa do ano com Anita, igual, aliás, à última do ano anterior).

Teresa se veste de branco, coloca uma calcinha já usada e ainda por cima desbotada (que coisa sem glamour, querida! Evite esses detalhes, são de uma pobreza extremada. Até quando vai esse ranço?). Na alma, um gosto amargo. (Amargo está é este texto, réveillon, dia de festa, e você aí, pensando no cara que foi sem nunca ter sido? Com tanto homem bonito no mundo... sinceramente!)

*

Teresa está quase na porta. O telefone toca. Ela acha que é João. Volta, abre correndo a tranca, leva um tropeção no boneco que Lucas deixou no chão, acende a luz, entra, atende o telefone.

— Teresa, happy new year! — é Zeca.

— Para você também — diz a diretora, falsamente eufórica.

— Escuta, chegaram uns italianos, o Pedro Paulo pediu para a gente sair com eles, dar uma atenção, a que horas eu posso passar na sua casa?

— Eu estou saindo com as crianças para a praia...

— Tudo bem, os caras vão também. É para depois da praia, a gente vai para a casa do Henrique, jantar lá, o Pedro Paulo pediu para o Henrique fazer um jantar, ele não queria muito não, mas você sabe como é, eu pego você à uma hora, está bom assim?

— É convite ou é ordem?

— Você sabe...

— A gente se encontra onde, então?

— Na praia, em fente à Fiorentina.

— Combinado.

*

"Mais uma vez Pedro Paulo e o resto do mundo fazem comigo o que bem querem. Até quando? A sensação da obediência me arrasa. Que inveja da rebeldia, das ovelhas negras, da contestadora, da *hippie*, do tatuado, das transgressoras. Eu não. Medo, medinho."

— E que mal tem nisso? Por que você não se aceita como é?

*

João está quieto em casa. Vê o *réveillon* no Rio pela TV. Rapidamente, pensa em Teresa. "Não deu, foda-se, é muita tralha." Olha para o relógio, pensa em Daniela. "Já era, vai tomar no cu." Puta que pariu. Sozinho dia 31 de dezembro.

— Eu não dou a mínima para essa questão, esses clichês, essas babaquices todas. Eu não sou como você. Por isso que eu até me espanto quando você fica assim, chateada, por causa de uma pentelhação boba dessas. Para mim isso não existe. O que existe é a grana, a grana, a grana que ergue e constrói coisas belas; o resto é o resto — disse João a Teresa um dia em que ela tinha vontade de chorar porque estava triste. "Triste? Triste para mim é ver o São Paulo perder."

*

Quase meia-noite, Teresa está na praia. Segura Lucas no colo. Flavinha está ao seu lado — com uma amiga, curte a festa. Maíra está com Alex, em beijos e mais beijos, longos e adolescentes beijos (inveja, mamãe?). Teresa se sente só. Ela vê que faltam quatro minutos. Pensa em João. Queria estar com ele. Pega o telefone, fica na dúvida, liga ou não liga? Liga.

*

João está em frente à TV. Bebe uma vodca, pura e sem gelo. Três para meia-noite. Olha o celular, reconhece o número de Teresa. Pensa se vai atender ou não. Não atende.

*

Praia de Copacabana. Teresa olha o relógio, falta pouco, segura o filho, liga mais uma vez. De novo cai na secretária eletrônica.

"Escuta, João, eu só queria desejar um bom ano novo. É isso, feliz ano novo. Estou com saudade, você foi a melhor coisa que me aconteceu este ano. Um beijo."

O Rio é uma festa.

*

"Palhaçada", pensa João sobre as imagens de Copacabana. "Pobreza total", desliga a TV. Não, não vai sair. Festa, nem pensar. "Bem que o Dudão ligou, até que ia ser boa a festa na casa do Chicão, muita mulher, muita puta." Mas o bacana não está interessado em comer mulher nenhuma esse dia. "Dá muito trabalho, não valem, essas putonas. Chega, por esse ano chega."

João põe *O exterminador do futuro* no DVD. "Puta filme", pensa. "Puta som, puta apartamento." Abaixa todos os vidros, liga o ar-condicionado no mais frio dos frios. "Eu quero mais é que o mundo exploda."

*

Em Copacabana, o mundo explode. As cores tomam conta do céu. "Feliz ano novo, mãe." "Feliz ano novo, mami." " Feliz ano novo, Teresa." "O que seria um feliz ano novo?", pensa Teresa. "Nunca fui feliz no *réveillon*." Teresa imagina João com Daniela: o beijo da meia-noite, uma superfesta, muito champanhe, muita comida, muitos garçons, canapés maravilhosos. No meio da pista (de cavalos, querida?), João dando um beijo cinematográfico em sua Penélope. Teresa imagina o brinde e tem inveja (querida, pare de pensar tão pequeno. Inveja de Moet Chandon? Encha sua geladeira e comemore! Você só não brinda porque não quer. Aliás, happy new year!).

*

— Que idéia você tem de felicidade, Teresa?
(Silêncio)
— É pouco passar o *réveillon* ao lado de seus filhos?
(Silêncio novamente. Fim da sessão.)

O ano passou e não falei com João. Já liguei infinitas vezes e ele não me atende. Estou estraçalhada. Estilhaçada. Não sou ninguém, está tudo diluído nas palavras que não foram ditas, nas palavras que não foram ouvidas.

— Ele não existia na sua vida. E você vivia bem, trabalhava, cuidava dos seus filhos, se divertia, saía com homens, namorava. Por que você imagina que não vai conseguir viver sem ele? O que está perdendo sem ele? O que de você existe nele que você sente que, se não buscar, não vai ter como viver? O que está lá que é seu, Teresa?

O divã da terapeuta só pergunta.

— Que idéia você tem de felicidade? Passar o *réveillon* com seus filhos na praia não basta? — ouço a pergunta se repetir dentro de mim.

— Que felicidade é essa que você busca? Um homem lindo, um barco, sol a pino e o oceano à frente, golfinhos pulando, é isso?

Pago para poder falar e ouvir. Só as palavras me confortam. Sim, preciso de conforto. Preciso de esclarecimentos. Que as frases sejam longas e tenham sujeito, verbo e predicado. Que tenham coerência. Que sejam lógicas, que sejam perfeitas, que estejam plenas de significado. Significante, significado. A ausência de qualquer um dos dois me descontrola. Fico surtada. Tremo de fome. Preciso do pão e do vinho das palavras.

— Afinal, que idéia você tem de felicidade?

*

Teresa está a caminho da SLC, é o primeiro dia de trabalho do ano. Ela continua sem falar com João (até essa hora, ela acha, "ainda"). "O natal, ele e aquela mulher. Por que ele fez isso comigo?"

— Você tenta entender por que perdeu o colo para sua irmã.

— Chega! Eu aqui, falando de traição, de sacanagem, e lá vem você com a minha infância. É Freud, não é? Pois eu estou cheia de Freud, cheia dessas perguntas sem respostas, cheia de que tudo tem uma causa no passado — Teresa pensa em falar, mas não fala. "Medo, medinho", *again*.

Na SLC, nada mudou. Quer dizer, há menos carros estacionados. Pouca diferença, que a maior parte dos demitidos ia mesmo era de ônibus. Teresa entra no salão, ainda o coração disparando, ainda com João e seu silêncio a atormentá-la. Ela o vê longe, muda o olhar, ele dá risadas com Henrique. Ela tem ciúme (até de um homem, querida? Você realmente precisa se tratar!), liga seu computador, tenta responder aos *e-mails*, mas está longe. Chega Henrique:

— E aí, minha bela, vamos almoçar hoje no Peixe Dourado? Comemorar o ano novo com lagostim?

— Quem vai?

— Ué, quem? Os de sempre: eu, você, João, Lia e quem mais quiser.

— Ok, eu vou.

*

Teresa vai, João também vai, mas nada acontece (o que você imaginava que aconteceria?). "Estranho, ele estava estranho, diferente. Não falou comigo, fez como se eu não existisse, como se nunca tivesse acontecido algo entre a gente. Estranho, esquisito."

— Resolvi dar um tempo, estou pensando como é que eu vou fazer, agora ainda tem a pensão da Daniela, filha da puta, assalto à mão armada, viu, e do lado de cá essa empresa de bosta, falida, cada dia um cano; estou preocupado, cara, se bobear, eu salto fora, me mando, e aí vejo como é que fica... a filha da puta ainda me levou os lençóis de seda, os indianos, os que eu mais gostava, filha de uma puta, só deixou bosta, essas coisas, merda — fala João com Chicão no celular.

Maíra define objetivamente a questão: "Acabou, mãe, acabou. Parte para outra."

*

Eu vinha tentando, juro, vinha tentando juntar meus filhos com seus cachorros, minhas férias em Minas com as suas férias em Barcelona, eu vinha tentando; vinha tentando ver esses filmes de guerra de que você gosta, perdendo todos os meus filminhos ("um monte de babaquice"), vinha, eu vinha aprendendo a gostar do seu rock, vinha deixando você gozar antes de mim, eu vinha me acostumando à comida japonesa, eu vinha tentando, juro, viver o lado direito da vida, eu vinha tentando, vinha até escrevendo a nossa história, como você pediu — "vê se não complica" —, escrevendo com parênteses e travessão, com letras maiúsculas e minúsculas, com tudo a que tem direito, escrevendo segundo a norma culta, sem inversões, escrevendo normalmente, sem angústia, pelo menos sem muita angústia, como se estivesse sentada no café parisiense olhando a calçada e a elegância passar; eu vinha tentando, vinha, fazer tudo direitinho, vinha tentando, tentando ser como os outros, viver como os outros, jogar no lixo minhas mágoas, meus espinhos, minhas dúvidas, minhas crises, essa sensação permanente de angústia que tanto incomoda os outros, preocupa minha mãe e meus irmãos, "não, eu não vou me matar, fiquem tranqüilos", "tranqüilos, como? me preocupa ver você assim, tão instável", "não consigo ler um livro seu, acho que é porque é seu, me angustia", "sinto você falando, quando acabo de ler, preciso fazer meditação para conseguir dormir"; eu vinha tentando, vai, fazer um esforço, um esforço enorme — você nem imagina! —, para deixar as dúvidas de lado, os espaços em branco, os nebulosos, os espaços confusos, tudo do lado de fora, eu vinha tentando ler sem precisar de óculos ("coisa mais antiga"), sair no sol sempre de óculos ("não usar óculos escuros é ridículo"), eu vinha tentando alegrar você, satisfazê-lo, de todos os modos e em todas as horas; vinha tentando ser feliz, a qualquer hora do dia e do mês, poupando Maíra, poupando você, poupando minhas queridas amigas, eu vinha tentando, contar uma história feliz, mostrar que estou feliz, apesar de (mas isso só eu sabia, eu e talvez Anita — afinal, o sigilo faz parte do negócio), apesar de saber que a qualquer hora eu podia despencar, a qualquer hora eu não ia conseguir, uma hora, a água ia subir, ia transbordar, não ia mais dar pé, eu ia me afogar, mesmo assim, mesmo sabendo do perigo, mesmo assim, eu vinha tentando, carregar esse peso, essa mala cheia de coisas que eu não uso e nunca usarei, essa bagagem toda, confusa, desarrumada, eu vinha tentando, arrumar a casa, enfeitá-la de orquídeas, falar o mínimo possível com os porteiros ("esses zeladores filhos da puta, fingem gentileza, no natal eles apresentam a conta, você vai ver"), eu vinha tentando, vai, dormir de ar-condicionado sem sentir frio, andar com passos largos, eu vinha tentando, entrar no carro alto, assim, sem sentir a altura, andar de salto alto, esconder a barriga, comer menos, vinha, vinha tentando ouvir você, vinha tentando falar a sua língua, esconder as minhas lágrimas, eu vinha tentando, juro, eu vinha tentando não complicar, ser leve, palatável, feliz, pensar uma coisa por vez, eu vinha tentando, trabalhar menos, não responder ao celular, não trabalhar no fim de semana, não levar trabalho para casa, não fazer, eu vinha tentando, e por mais que tudo isso me incomodasse, e por mais que tudo isso me desse um certo desconforto, uma certa culpa (apesar das três sessões semanais), eu vinha tentando, tirar meus filhos da minha casa para que você pudesse ficar mais à vontade — até comprei uma toalhas maiores, você viu?, eu vinha tentando, tentando ser feliz (felicidade, aliás, é o quê para você?), tentando dormir rapidamente e, quando não, ficar quietinha a noite toda para não despertá-lo (não adiantaria nada mesmo), eu vinha tentando, me livrar das aflições, das rezas e dos terços, dos sete pecados capitais, eu vinha tentando, ser Maria e Madalena, Judas e Jesus, eu e você, eu vinha tentando, mas, apesar de tudo, mais uma vez, puxaram meu tapete, apesar de todo o meu esforço, da minha agonia, apesar do meu sangue, da minha dedicação, dos risos e das minhas gargalhadas, apesar de tudo, me arrancaram a história.

Foi você. Foi um homem. Foi mais um homem.

Estou paralisada, novamente, me atam as mãos, preparam o golpe, querem me derrubar, por quê?

Eu já estava quase armani, eu já era quase armani, já estava com meu terninho preto básico, já não gostava nem mais do amarelo — do rosa, então, nem se fala —, eu já estava com a mala pronta, já estava quase aceitando que o mundo é o mundo e vai ser cada vez mais o mundo ("não adianta discutir, não adianta remar contra a maré"), o mundo é dos fodidos (paulistas), e eu já estava aceitando isso, acreditando nisso, achando que de fato tinha mais é que ser bacana, como eles, me divertindo com os *fashionistas* e os *fashionables*, juro, eu já estava me esquecendo dos meus tangos e dos "detalhes tão pequenos de nós dois", já estava entendendo o que é *in* e o que é *out*; já estava quase incorporando palavrinhas em inglês na minha fala, transformando estrangeirismos em palavras nativas — sem grifo, sem sotaque e sem tradução; eu já estava descolada, antenada, sintonizada, *fashion oriented* — "se você se identifica com a nossa marca, é você que estamos procurando" —, eu já vinha assimilando tudo, quase tudo, já estava sabendo me produzir fingindo que não estava produzida, já sabia fingir, já era quase *cult*, quase *chic*, eu vinha tentando, e mesmo assim, e com tudo isso, vem você, com a sua jaquetinha e o seu *jeans*, "dins"... vem você, e em silêncio, sem falar nada, sem dar uma explicação sequer, me coloca no pau-de-arara e me deixa ficar a noite toda pendurada ouvindo a torneira pingar. Você vem e pá, me quebra, assim, de uma só vez, com um só golpe, um só tiro no peito, no coração, na alma.

Você bateu a porteira na minha cara, João.

Assim, sem dizer uma palavra, sem pedir licença, sem pedir desculpas, sem falar que foi sem querer, sem falar nada, você passou com seu cavalo branco e bateu a porteira na minha cara, e me deixou do outro lado, do lado de fora. Foi: a porteira. No meu nariz. Você ficou mudo, você não falou nada.

Você não se explicou, você não me explicou. Foi-se, e dane-se o resto.

Foi por acaso que você fez isso, ou você ensaiou tudo bem ensaiadinho, *step by step*? Quantas vezes você ensaiou, me diga? Porque foi tudo perfeito, como você gosta, do seu jeitinho, à sua moda, sim, quantas vezes você ensaiou?

Quantas entrevistas com *headhunters* foram necessárias até que você chegasse, pusesse a mala de crocodilo na mesa e dissesse, sem medo de o *headhunter* acreditar, que você não precisa de emprego algum, você quer é trabalho? Sim, *job*.

Comigo não foi preciso nem texto: você entrou mudo e saiu calado, saiu à francesa, foi uma estratégia? Detalhada, elaborada, foi como?

Você me autorizou a amá-lo (lembra? "pois fica", você disse), você me deu o seu pau para eu chupar, você me beijou, quantos beijos de língua, longos e demorados você me deu, e depois, você ainda pediu que eu escrevesse a nossa história. E aí você me tomou o papel. Isso é justo?

De novo na minha vida, isso é justo?

Pegou o meu espelho e estilhaçou. E não falou nada. É justo?

Você sabe o que é o silêncio para o escritor? Você sabe o que é a página branca para o escritor? É a tortura, o pânico, o lado sombrio da vida. A ausência da palavra é o nada, a falta de inspiração, o desespero, o fundo do poço.

Assim, sem mais nem menos, você me deixa no fundo do poço e não atende ao meu telefonema?

Depois de ter me comido de todas as maneiras, de segunda a sexta-feira, você desliga o computador e não responde ao meu *e-mail*?

Depois de ter deixado na minha garganta o seu esperma, fedido e azedo é bom que se diga, você ouve meu recado e não me responde?

Depois de todos os mimos, você vai embora sem se despedir, sem ao menos me avisar?

Você quer me enlouquecer?

Me enlouquecer, vai, responde, seu filho da puta, responde. Você não me ouve? Onde você está? O que faz? Eu toco esse teclado furiosamente, troco o bê pelo pê, troco o vê pelo cê, troco tudo e toco, toco seu telefone, telefono novamente, e mais uma vez, e bato na sua porta, e toco a campainha da sua casa, e grito, e grito, um grito louco, um grito de gente louca pela rua, e do lado de lá, nem uma palavrinha, um sílaba, uma frase. Nenhum sinal de vida. Nenhuma explicação. Nenhuma desculpa, nenhum aviso, nada.

É como a moda, é isso? "Porque é tendência." Tendência de onde, quem foi que disse que é tendência, quem foi que lançou essa porra de tendência? Deu vontade, é isso, matou a família e foi ao cinema?

E agora, João, sim, e agora, quem vai me salvar?

Eu vinha tentando entender por onde se entra e por onde se sai, copiar, pensar menos, ser menos, eu vinha tentando ser igual, *bien sûre*, eu juro que vinha tentando. Freqüentar a vanguarda da moda e olhar para todos como se todos fossem muito normais, tanto quanto eu, normal, eu vinha tentando, me misturar a essa gente feliz, essa gente de aparências, de muito batom e muito rímel, esse mundo de macaquitos, de quanto mais se copia mais se é, esse seu mundo global, globalizante, globalizado, universal, de gente que sabe de tudo, de gente que é feliz só por ter nas mãos uma bolsa LV.

Eu vinha tentando, sinceramente tentando, vinha tentando, cuidadosamente escolhendo as palavras, as palavras mais belas, as mais femininas, as mais gentis, as mais na moda, as mais *ins*. Eu vinha tentando, mas assim como um estuprador, você arrancou meu casaco, tirou minha blusa, amassou meu sutiã duloren comprado nas lojas americanas, e jogou no lixo minha calcinha verde-limão, que eu vinha tentando. Acompanhar você, ser igual. Você me deixou de quatro, pelada e molhada, na cama, e foi-se embora.

De novo, um homem faz isso comigo. Como você pôde fazer isso comigo? Você, que dizia que não podia entender como um homem tinha um dia me tratado mal.

Pois você me tratou pior: prefiro o grito ao silêncio.

Vocês armaram uma gangue, foi isso? Eu vou primeiro e a destruo; depois vai você, a recupera, cuida das suas dores, dá presentes, passeia com ela, goza dentro dela, finge que está tudo bem, e de repente, quando ela estiver acreditando em você, você vai lá e dá um pontapé nela, sem falar nada, caladinho, você vai embora, e a deixa sem nada, sem saber aonde você foi, onde você está. Sem uma palavrinha sequer. Você a excita e a deixa chupando os dedos. Foi esse o plano, foi? Pois você fez certinho, meu caro, você foi perfeito, está vendo como você é craque? Você sabe fazer as coisas, você fez, *congratulations,* Jack, o estripador, pedacinho por pedacinho, você fez: me fez primeiro apaixonada, depois me comeu, e depois de pegar meu doce e meu sal, vomitou na minha cara, assim, sem piedade. Partiu. Você me excitou, me fez sentir o cheiro e o gosto da felicidade e, quando eu já estava quase feliz, você quebrou o encanto: você simplesmente se levantou, vestiu sua camisa, olhou-se no espelho, se achou um "puta cara bacana" e foi-se embora.

Você foi embora, sem dizer nem um tchau, João.

Você sabe o que significa não falar um tchau para um escritor?

É crueldade, é tortura, é ir matando aos poucos, cada dia um pouquinho, devagarinho, você sabe lá o que é isso? Como pôde ser tão cruel? Deixou seu paletó, aquele feito em Londres pelo melhor alfaiate da cidade, aqui ficou, seu paletó príncipe-de-gales, seu paletó e sua gravata de pura seda italiana. Só isso: um paletó, uma gravata de pura seda italiana e um silêncio. Uma torneira pingando no banheiro, gota a gota. E saiu. Foi-se.

"Minha mãe, o que é este vestido vermelho? Minhas filhas, esse vestido vermelho?"

O que eu posso fazer se a vida se repete?

*

Teresa pede demissão. Pedro Paulo tenta argumentar: "você está cansada", "quer umas férias?", "o salário não está dando?", "você recebeu alguma proposta? Eu cubro". Teresa não volta atrás. "Não quero mais a SLC, não quero mais Zeca, não quero as modelitos, não quero fotos, não quero o Olaria Futebol Clube, não quero ter pena de dona Palmira, não quero sapatos e solados e fornecedores, não quero *meeting*, não quero falar com a imprensa, não quero falar inglês, não quero ouvir bobagens, não quero copiar a Banana, não quero ver o nome das maiores marcas do mundo, não quero saber o nome das maiores marcas do mundo, não quero mais fotografar vitrines, não quero fingir que gosto de coisas de que não gosto, não gosto de ver vitrines, não tenho fetiche por sapatos, não quero trabalhar no varejo, não quero. Não quero trabalhar ao lado de João."

(Ah, então é isso? Deixou por último o principal, velho truque! O que um homem é capaz de fazer com você, hein, querida. Um simples homem, que você mal conhece. Estás perdida!)

*

— Nem tanto. Você já sabe o que não quer. Já deu o primeiro passo. Agora é hora de respirar fundo e ver o que quer. O que você quer fazer. O que você quer ser. O que você é.

*

Escrever, desvairadamente escrever. Pôr o dedo na garganta, já dizia Caio. Sim, vomitar a história, as mágoas e a vida. Escrevo como quem toca piano. O teclado. Isso: escrevo como quem toca uma música nunca ensaiada. Uma música sem partitura. Por favor, me informe as notas. Onde está a resposta? Onde está a partitura? Cadê a palavra, ele não me disse nada e eu não sabia que não me dizer nada tivesse o efeito de uma bomba bin laden. Ele não me disse nada. Esse silêncio me mata, a saída, preciso da saída. O túnel está escuro, o túnel não acaba. Procuro uma placa informando a saída, alguma sinalização, não consigo ver nada. Estou no breu. Está escuro aqui dentro. De repente, ficou escuro. O tempo fechou, sim, foi de repente, uma ventania horrível, arrancou tudo, a cadeira caiu, o teto do viveiro voou, os periquitos fugiram, venta, venta muito. A fina poeira do ar encobre tudo. A rua está cinza, as árvores se quebram, o mundo parece vir abaixo. E não há ninguém para me proteger. Esse vendaval, tenho medo; essa poeira, tenho medo. Uma árvore cai em cima de um carro, as mangas despencam das árvores e chegam estateladas ao chão. Ploc, ploc, ploc. Pode tudo cair em cima de mim, talvez até caia. Só sinto o túnel, está tudo preto, preto, preto. Tudo parado aqui dentro, nada anda, não se vai para frente nem se volta para trás. Aliás, volta. Parece que a vida é isso, a minha, pelo menos. Do pó vieste e ao pó voltarás. O que será que está acontecendo? Por que essa dor não me larga; por que não consigo ser como os outros; por que sempre esse gosto azedo, essa mancha no peito, essa palavra engasgada e essa boca seca? Minha irmã percebeu: eu estou com a boca seca. A palavra travada. Já não sei o caminho, ou melhor, só sei um caminho, esse caminho que me faz voltar, que me leva aos mesmos lugares; não quero mais esse caminho, não quero mais seguir essas trilhas, essas pessoas, não preciso ser como elas. Preciso procurar outra saída, deve haver, a saída desse labirinto — por que tanto sofrimento? —, preciso encontrar respostas claras e objetivas para tantas perguntas.

O que vocês todos tinham para me dizer que não foi dito, o que eu tanto quero ouvir e não ouço, por que ele não me disse, eles, eles não me disseram, por que eles me deixaram sem a palavra?

Não escreveram uma linha sequer, não rascunharam ao menos um bilhete, não deram um telefonema, não tiveram nem o incômodo de inventar uma desculpa esfarrapada; não arranjaram uma explicação, nem que falsa fosse, não se despediram, por quê?

João poderia ter dito "sim", "não", "adeus", "tchau", uma fração de segundo, apenas. Mas ele não disse, preferiu não dizer: nem sim nem não, nem adeus nem tchau, preferiu não gastar, "para quê?" Não disse nada, não me explicou nada, não se justificou, não interpretou, não disse. Simplesmente sumiu.

Estou quebrada. Tentei não me quebrar, ele até me avisou que não quebraria, não prestei atenção ao aviso. Cuidado, perigo, correnteza. Não atentei. Estou quebrada. Destruída como a casa feita de palha — era palha a casa do primeiro porquinho, Lucas? Estou enlouquecida, já nem sei de nada.

O silêncio me corta as entranhas. O silêncio me arranha a alma. O silêncio me quebra de forma violenta. Separa todos os pedaços de mim. Arranca alguns.

Não quero mais homem, quero tanto que não quero mais.

Você me pediu que escrevesse nossa história, eu comecei, mas você não me avisou que ia sair antes do fim sem dizer uma palavra sequer. Se tivesse me avisado, eu não começaria, juro, eu não começaria. Não quero mais contar histórias cortadas. Não quero mais ter que inventar novos finais. Não quero mais viver histórias cortadas. Não preciso delas, jogo-as no terreno baldio. Não preciso sofrer para ter o que contar. A vida é a vida; ficção é ficção. Não adianta mais o joguinho do que é real e do que não é; isso já deu, já cansou, não me interessa mais, é leviano, é medíocre, é ingênuo. Eu estava sinceramente disposta a abandonar tudo isso, a quebrar tudo isso, sinceramente. Pretendia só contar uma história. Não a minha, não a sua; mas a nossa história. Uma história de amor — amor, viu? Uma história comum.

Eu vinha contando, uma história de amor, uma história comum, correndo todos os riscos de se contar uma história comum, uma história de amor, uma história feliz, há riscos nisso, você pode não saber, mas há — os riscos de uma história leve, sem peso, sem densidade —, eu ia me arriscar, sim, por você, o amor faz comigo o que quer, eu ia, eu ia me arriscar, a nunca mais a crítica, nunca mais o prêmio, nunca mais a consagração, nunca mais a bienal — você é leve, e os leves não merecem troféus, felicidade não dá *best-seller* —, mas mesmo assim, mesmo apesar disso, de coisas de que você nem desconfia, eu vinha contando, nossa história, uma história no mundo da moda — quer coisa mais *glamourosa*? E aí, de repente, você sai da história.

De novo, me cortam os fios, cortam meu telefone, cortam minha história, apagam a luz, de novo, querem antecipar o fim, me dar um novo fim, impor o mesmo fim.

Por que isso? "Material, tudo é material", diria Vivi, minha amiga escritora. Pois não preciso de material. Preciso é de amor. Preciso de alguém que me ame como eu amo. Já disse, não preciso de material. Não me ponham mais sangue na frente, não preciso escrever com sangue, posso escrever assim, no teclado, sem ser com as unhas, sem roer as unhas.

Achei que dessa vez ia ser assim, sinceramente, achei, estava sendo assim, contar uma história, só isso. "Dessa vez vai" — Fabinho disse. Agora vai! Não, agora não foi. Ainda não foi. Não fui feliz. Minha história, a história que eu contava, não teve final feliz.

Quer o mundo que os escritores sejam fodidos?

Nós não precisamos nos foder, ouviram? Vocês, que estão aí, do lado de lá das vitrines, os felizes, os superficiais, os que não têm insônia, os bem-sucedidos, os que não conhecem a tristeza, os que não tomam antidepressivos, os felizes, por favor, nos poupem! Nós não precisamos sofrer por vocês, nós não podemos continuar sofrendo por vocês, sofrendo para que vocês possam ser felizes.

Sim, porque provavelmente, por trás dessa sua jaqueta diesel, existe alguma ferida, deve haver, escondidinha, lá atrás, deve haver, por trás do "jins", devem existir saudades, mágoas, deve haver, por trás desses martínis, de toda essa *lingerie*, frustrações, claro, mas vocês parecem não sentir nada disso, estão sempre sorrindo, felizes, queimados de sol, sem barriga e sem rugas, vocês, tudo bem, vocês fazem bem, nós sentimos por vocês, nós cicatrizamos as dores de vocês com as nossas palavras, nossas novelas, nossas novenas — quanto mais feridas em nossa pele, melhor: menos feridas haverá na pele de vocês. Nossas dores são objetos de consumo, e quase de graça — não custam nem o botão da camisa que vocês usam, sempre as mesmas —, nossas dores são grátis, porque, além de tudo, servem para curar as dores de vocês, para manter as dores de vocês lá longe, escondidas, quietas e "sossegadas", debaixo do esparadrapo, enquanto as nossas dores vão nos tomando por inteiro, se espalhando, queimando nossos braços, ardendo em nossas pernas, zanzando em nossas articulações, nossos nervos, o pescoço, a cabeça, ah, dói, tudo dói, como dói.

Até quando precisaremos sentir as dores por vocês?

Até quando vamos suportar essa dor?

Até quando eu vou ter que suportar essa dor? Para sempre?

É genética a dor?

Por que, meu amor, por que você tinha que fazer isso comigo, eu, que fui sempre tão boazinha para você? Em que momento terei me fodido? Foi no telefonema do *réveillon*?

Eu não podia ligar, é ridículo prestar atenção às datas, é isso? É cafona? Eu sou cafona, é isso? Não moro no Leblon, não falo inglês, eu sou *out*, é isso? Foi por isso que você me quebrou? Diga, em que momento eu errei, em que momento eu mais errei, deve haver, me conta, me diz, qual foi o clímax do erro? Foi a minha camisolinha, era cafona, era?

Foi o bolo de laranja na mesa, foi? Foram meus filhos, minha casa, meu sofá estampado, minha toalha rendada, foi isso? Ou foi meu relógio? Minha colônia alfazema? Vai, me conta, onde eu perdi o jogo? É porque eu sou complicada, é isso? Eu não sei as marcas da moda, então? Em que jogada, me conte, por favor, em que jogada chutei para fora? Foi o meu terninho, mas ele não era pretinho, ele não era *chic*? Ou foi a veia na perna, ou a barriga meio flácida? Mas eu lhe disse, eu vou fazer lipo, você até falou "aproveita, faz tudo". Eu achei meio indelicado, tudo, tudo assim, tudo como? "Tenho uma amiga que fez tudo, peito, barriga, coxa, se eu fosse você fazia também, depois, você vai se arrepender de ter feito só a barriga." Tudo, foi isso, eu tenho tudo ruim?

Em que momento, me diga, em que momento tudo acabou? Assim, sem explicação, sem nenhuma justificativa, foi aquela noite aqui em casa? Mas você gozou, não gozou? Eu sei, você não gosta de frescura. E discutir tesão é frescura. Tesão é frescura, por isso eu fiquei caladinha (caladinha, lembra?).

Vai, que momento foi que você resolveu tirar seu time de campo, como você gosta de dizer? Em que momento fiz gol contra? Foi como das outras vezes, igualzinho às outras partidas? O primeiro momento: o momento da sedução, caras e bocas, muitas palavras, sempre muitas palavras, tudo bem. A lua desponta no céu, ela está cheia e linda, a noite é romântica e o tesão promete. O segundo momento: o momento da revelação. Eu me entrego e você diz que delícia, que boceta gostosa, que corpo quentinho, hum, que tesão. Qualquer coisa assim, sempre ouço. Aí vem o gozo, o momento do gozo. A lua ainda está no céu, agora já vindo em nossa direção. Mas a noite não dura para sempre. E vem o tchau. Com ou sem despedida, com ou sem palavra. Silêncio. Histórias de rejeição. E não tem conforto: analista em férias. Tem silêncio. O silêncio das manhãs de domingo. A rua vazia, um ou outro mendigo, algum cão faminto, um gato miando, uma criança chora, e nada mais. O silêncio e o nó.

O que faz um homem me querer e depois não mais me querer? Por que eu quero homens que vão me querer e depois não vão mais me querer? Sim, dois raios caem na mesma cabeça. Sim, dois homens me largaram, eu achei que aconteceria uma vez só, mas aconteceu de novo, aconteceu de novo, foi bis, foi *remake*, eu fiquei de novo na estrada, abandonada, perdida, na terra vermelha, peço carona, não passa ninguém.

Eu não vou esconder. Eu poderia esconder, não falar, fingir, disfarçar, ser como eles, não me expor — "assim, você acaba se fodendo mesmo; o que se fala, acontece; homem nenhum vai mais te querer", traída, chifrada, currada, eu poderia ficar calada, mais uma vez, esconder tudo, para que contar? Eu poderia ser como eles, os capitalistas da vida, "se você errou, não precisa ficar aí gritando dizendo que errou". Mais-valia. Mas não consigo, "não é da minha natureza", diria mami.

Agora, estou enojada. Estou enojada por tudo que tentei ser sem ser. Por tudo que fingi acreditar sem acreditar, estou enojada. Estou enojada de tudo que lhe pertence e de tudo a que pertence a sua vida, esse seu mundo; tudo que se esconde atrás dessas costeletas compridas, "estão na moda, sabia?". Esse mundinho *fashion*, esse mundinho de consumo que força as pessoas a serem iguais, a comerem as mesmas coisas, a desejarem as mesmas coisas, esse mundinho do qual eu não consegui fazer parte, esse mundinho que exclui, esse mundinho que humilha com seus carros grandes, carros pretos, blindados, esse mundinho que não sente dor, não sente fome, esse mundinho me enoja. Essa sua cueca *zimmerli* vermelhinha me enoja, essa sua revista *w.* me enoja, esse seu sabonetinho *from england* me enoja, essa modelo com cara de anorexia me enoja, essa musiquinha *lounge* me enoja, a primeira classe me enoja, essa torneira italiana me enoja, esse piso italiano me enoja, essa bicicleta importada, esse creme lancôme, esse seu *home theatre* preto e branco me enoja, a sua *jacuzzi* me enoja, esse seu jeito de falar, essas palavras em inglês que vocês insistem em colocar na boca, *yes,* elas me enojam, nova york, nova york da quinta avenida, bush, brasil com zê, tudo me enoja. Raiva, sim, muita raiva, e daí? Recalcada, invejosa, alienada, angustiada, depressiva — e daí? A vida não é brincadeirinha. Isso tudo me enoja.

Eu vinha tentando arrumar a história como se arruma uma loja linda, perfeita, nossa *flagshipstore,* quando então o trem desandou, descarrilou. Eu poderia ter tentado seguir a viagem, talvez eu até conseguisse. Engolia em seco, arrumava o trem nos trilhos e partia. Bastava fazer uma festinha aqui em casa, chamar você, e você viria, com certeza viria, é bacana uma festinha, esse *mix* de antenados, é importante, ver e ser visto, é necessário, *networking*, trocar cartões, você viria, com certeza, você viria, e então eu serviria um supermartíni, num bar especialmente montado na sala, com um *barman* supercharmoso, e nós todos beberíamos, e bastariam alguns goles e alguns canapés, algumas pernas de fora e alguns peitos siliconados, e bastaria eu rir para outros homens, e fazer assim, e rir, e rir muito, e você acabaria enfeitiçado pelas minhas risadinhas e gargalhadas cariocas (ah, como ela é feliz!), e acabaria se esquecendo do que se esconde por trás dessas gargalhadas, se esquecendo do que talvez você tenha pressentido e por isso tenha partido, talvez com medo de a doença pegar ou revelar — a pergunta, a dúvida, a mágoa, a angústia —, mas vamos esquecer tudo isso, estamos na festa, a música é alta, é *lounge*, está todo mundo animado, fala-se alto, fuma-se muito, e nesse ambiente tão *cool*, tão *in*, tão *zen*, tão afrodisíaco, eu levantaria um pouco a saia, e você certamente ficaria com tesão, e então eu levantaria um pouco mais, e você ficaria de pau duro, e diante do meu sotaque, da minha gargalhada e do meu bronzeado, diante do meu quarto, ou até no banheiro, quem sabe no banheiro, tomando uma ducha — paulistas adoram ducha! —, você me comeria e depois de gozar baixinho, que é para ninguém ouvir esse som tão primitivo ("sexo é coisa do mundo animal"), iria para a cama, doido para dormir no lençol de seda que eu comprei especialmente para você, com a sua cueca *fashion* e seu pau fimosado murcho — "quem não opera fimose é porco" —, me disse um dia, quando eu comentei que tinha medo de operar Lucas, "quando se corta um pedaço do pau, dizem que o pau fica maior", falou você, assim, sem mais nem menos, escatologicamente falando, achando que o seu pau, mais que normal, era porreta, o bacana, você dormiria, assim, "sossegado".

Eu poderia esquecer tudo, dar uma bela risada, eu poderia levantar ainda mais a sainha *gucci*, continuar a contar a nossa história, rir com o Zeca, falar besteiras com o maquiador, contar casos e fazer graças e assim tudo ia continuar igual: a SLC, você, suas 38 camisas listradas, a *modern sound*, o festival de cinema e Londres, muito Londres, muita comida orgânica, muito Londres; Brasil nem pensar, arroz com feijão é pobre, é pobre, é pobre. O mundo *fashion* adora uma história assim: João Reis e Teresa, a Rainha — a história de gente estilosa, gente que não sofre, gente que sabe aproveitar a vida, gente feliz. Eu poderia, "enquanto escritora", como diria a *visual merchandiser* da SLC, aquela menina que sabe tudo, sabe coordenar as coisas como ninguém, sabe fazer produções, "a nível de escritora", sim, eu poderia...

Mas eu não consegui, não suportei, e deixei você perceber que eu era uma estranha, uma estrangeira.

— Como? Você prefere praia?

— Como? Você não gosta de martíni?

— Como? Você não tem óculos Giorgio Armani?

Sim, eu não consegui largar minha lente tupiniquim, não consegui largar as minhas angústias — eu tenho angústias, eu sofro de angústias —, não consegui me travestir, não consegui dar o rabo.

Uma palavra, ou melhor, a falta de uma palavra, uma palavra só, fez com que tudo parasse, feliz ou infelizmente, parou, o sinal fechou, a brincadeira acabou.

Em contrapartida, estou livre: não usarei mais salto alto, jogarei fora essa *montblanc* que não me pertence, jogo-a no lixo, no lixo — não se espante, e com ela vão todos os ícones que não são meus, e pego de novo minhas fotos, no mesmo lixo — de novo: não se espante, coloco-as uma a uma nos porta-retratos das mesinhas de canto da sala e das mesinhas-de-cabeceira dos quartos, sejam elas *ins* ou não *ins*, quero meus quadros na parede ("cafonas" ou não), em cima da mesa, quero minhas verdades; as mentiras, coloco-as no papel.

(Tem certeza? Você tem certeza de que quer continuar com a sua biczinha azul?)

A música toca alto. Minha cabeça roda. Tenho vontade de ligar para João e dizer que estou numa festa bárbara, aliás, ligo para ele, mas, mais uma vez, escuto a mensagem, sempre a mesma. Desligo sem deixar recado. Bebo mais um pouco. A cabeça zonza. Quem foi mesmo o João? — me pergunta uma amiga. "Quem era esse?" Uma música depois, estou em outro canto da sala, mais escuro e esfumaçado. O fotógrafo das mulheres mais bonitas da cidade, o fotógrafo de nove entre dez capas de revista, encosta a sua língua na minha orelha e diz: vou dizer para você saber, não quero que você não saiba, eu quero você, há muito tempo eu quero você. Eu me sinto ridiculamente feliz, uma felicidade adolescente, absolutamente imbecil e genuína: alguém me quer, o fotógrafo mais badalado da cidade, o fotógrafo das mulheres bonitas quer transar comigo, oba!!! Olho para ele, dançamos juntos. Vejo Diogo, o escritor de vanguarda, encostado à janela. Ele me observa, acho graça. Dois homens me querem esta noite, um fotógrafo e um escritor de vanguarda. Devem ter a mesma idade e são amigos, quem escolho? Estou tonta, bêbada, tudo gira, acho graça dos homens que estão na festa, sobretudo desses dois homens bonitos e amigos. Vim disposta a dar, quero ver se é melhor ou pior do que com João, quero ver se ainda me lembro de João, estou curiosa pelo cheiro alheio (e pelo pau também, diga-se de passagem). Vou dizer ao fotógrafo que me coma. Afinal (ah, afinal...), ele é bonito, é gostoso e estou com fome.

*

— E por que não? — pergunta dr. Frederico a Teresa. — O que poderia ter acontecido se você tivesse aceitado o que o fotógrafo — como é mesmo o nome dele — lhe propôs?

Psiquiatras sabem das coisas. Eles sabem mais que os psicanalistas, certamente bem mais que os psicólogos. Eles estão além. Devem ter mais diplomas, mais horas de estudo, mais conhecimentos. Certamente, conhecem mais a fundo o cérebro humano. Psiquiatras são como cientistas e devem ter respostas mais próximas, se não mais corretas, aos nossos delírios, medos e angústias. Respostas às nossas perguntas.

Devia ter ido trepar?

Ele (o psiquiatra) primeiro me pergunta: e por que não?

Mas logo depois retruca: por que esse, por que não aquele?

E mais adiante: mas você quer ser puta?

Sim, devia sim — ele diz, sexo, por que não?

Mas como, não era só isso que você queria? Ah, achei que fosse.

E prossegue: mas por que você não liga para o outro?

Torturadora? Quer se castigar de quê?

Assumir batalhas impossíveis? Para chegar a que conclusão?

Seja humilde. Você não pode transformar as pessoas.

Mas, se os outros não se transformam, então, serei eu capaz de me transformar?

"Pior ainda se você ainda insiste que do lado de lá tem um príncipe."

Príncipes não existem.

Mas não foram essas as histórias que nos contaram? Por que nos contaram e por que nós continuamos a contá-las nos livros, nos filmes, nas novelas?

O beijo não é nada. Sexo não é nada. O carinho não é nada. O telefonema não é nada. A trepada não é nada. Ainda mais se com "preservativos", aí mesmo, não é nada. Por favor, não esqueça, não esqueça, não esqueça (lembrei-me da música de Elis...). Nada, nada, nada!

Felicidade? Bobagem.

Amor? Bobagem.

Príncipes? Bobagem.

Relações? Bobagem.

O mundo é do nada e eu devo aprender a viver e ser feliz no mundo do nada. É isso.

Já quase na hora de prescrever os remédios e fazer o recibo, dr. Frederico conclui:

— Não são os homens que levam você à depressão. Eu acho que a sua depressão especificamente não é conseqüência, mas causa. Você procura esses homens e faz essas histórias porque é deprimida.

A sessão se encerra. "Pronto, paguei a dica, pego as receitas para os remédios de tarja preta e me transformo em mais uma dependente química. Não terei mais insônia, nenhum homem vai mais me matar na calada da noite, não ouvirei mais o galo cantar, não chorarei mais com tanta facilidade, não procurarei homens errados. Dr. Frederico vai mudar a minha vida. A partir de agora, a depressão ficou no divã, deixou de ser conseqüência e virou causa. Valeu."

*

Pós-psiquiatra, no consultório da psicanalista (naturalmente, psicanalistas e psiquiatras não jogam no mesmo time): "acho que você não precisa de remédios, precisa é escrever. Escreva".

*

Eles vão até o corredor da festa, está escuro, o fotógrafo levanta o vestido de Teresa e passa a mão na coxa dela.

Gostosa, ele fala. A mão dele é quente, ele esfrega, está louco de vontade de comer, não faz sexo assim há anos. Ele chama Teresa para ir à casa dele. Ela vai. A noite está fria, ele a abraça, ambos estão meio tontos: ele, do uísque sem gelo; ela, do vinho gelado. "É bacana estar com um fotógrafo, com um artista, um intelectual, um fotógrafo é um pouco de tudo. Os fotógrafos têm um charme irresistível, um fotógrafo vê o que os outros não vêem, eles são charmosos, bonitos." Teresa está fascinada com o fotógrafo e com a casa do fotógrafo, cheia de objetos modernos, cada um recolhido em um canto do mundo. Na parede, mulheres e mais mulheres retratadas. Ali, a atriz nua, com cara de melancolia. Do outro lado, a cantora *sexy*. A sala do fotógrafo é um estúdio de fotografia, mais que isso, um telão, um espelho. "De quantas revistas você fez a capa?", pergunta Teresa, levemente constrangida e excitada com a galeria de nus. "Ih, já perdi a conta!" "E os homens, você também fotografa?" "Claro, mas se eu colocasse aqui, você não ia nem olhar para mim..." Teresa ri. O fotógrafo tem humor. Além disso, o fotógrafo tem um piano. O fotógrafo toca piano! O fotógrafo começa a tocar New York, New York (tá vendo? quanto mais se foge, mais se encontra, querida!). Teresa vai se surpreendendo: então tem mais gente *fashion* no mundo além de João? (só agora você percebe, querida? Não sei o que você tanto viu naquele fashion victim, você reparou na unha do dedo mindinho dele da mão direita? Se tivesse reparado, aposto que não tinha chorado tanto...).

O fotógrafo surpreende. Se a sala é galeria de mulheres, no quarto, as paredes são brancas e vazias. "A lente fica na sala", ele brinca. "O computador também. O estúdio é lá fora, aqui é outra coisa, é a gente mesmo, sem photoshop. Não tem nada melhor! Há muito tempo eu quero você." Teresa acha graça: "Jura?" "Você não reparou? Você anda muito distraída..." (João, João, João; ainda bem que você tirou esse cara da cabeça...) Teresa está encantada com a noite. O fotógrafo é interessante e ousado. Ele passa a língua no ouvido dela e ela se lembra da primeira frase de um dos seus livros: "ele passou a língua no ouvido dela; ela esticou o corpo". O fotógrafo lambe Teresa, dos olhos aos pés. Ela geme e ele se anima: "Você gosta?" Ela gosta. Ele pega mais uma dose de uísque para ele e mais um pouco de vinho (agora tinto, que o branco acabou) para ela, eles trocam o gelo de boca, um morde a boca do outro, as línguas estão geladas, eles estão excitados. Teresa pensa rapidamente em João e rapidamente conclui que o fotógrafo é mais gostoso, o fotógrafo saboreia, o fotógrafo conhece, reconhece, percorre. O fotógrafo preferido das mulheres mais bonitas do Brasil é doce. O fotógrafo de nove em dez estrelas. Teresa se sente a décima estrela (uau!, vai sair na Playboy quando, darling?). A trepada acaba. Teresa suspira. O fotógrafo grita.

*

É aniversário de Flavinha. Vamos fazer um jantar aqui. As crianças estão felizes. Eu estou feliz. A casa está bonita. Fazer aniversário sempre foi bom. As festas juninas, as festas de 15 anos, as festas. Preciso resgatar a memória. Tentar pensar onde foi que o medo de ser abandonada apareceu. Anita me diz para pensar. Dr. Frederico também. Eles me mandam lembrar e pensar, pensar e lembrar. Cadê os traumas? As lembranças ruins desapareceram. Lembro-me das festas, festas e festas — as festas sempre foram boas.

Os convidados começam a chegar. Os primeiros, naturalmente, são minha mãe e meu pai. Flavinha está eufórica. Chegam as amigas, os amigos. Tudo está certo. Repito: estou feliz.

Minha mãe me mostra a pele de meu pai, vermelha e inflamada. Levo susto, mas ninguém cuidou dele? Quando o jantar acaba, digo ao pai que vou fazer uma massagem e passar um líquido que costumo passar no Luquinhas quando ele tem alergia. Pela primeira vez, encosto em meu pai. O homem geme de alívio. Eu pego o algodão e vou passando pelas suas costas vermelhas e feridas. O pai geme. Pede que eu passe na perna. Olho a perna de meu pai: uma perna branca, fina, de um homem muito velho. Levo susto, é meu pai? Passo o remédio sem olhar muito, a pele está ferida, ele reclama. Começo a me sentir bem fazendo aquilo. Ele diz que está bom. Eu continuo, sinto-me bem, repito, fica tranqüilo, pai. Penso por que nunca fiz aquilo, nunca toquei meu pai, tantos anos, e nunca o toquei — era repulsa, era medo, era vergonha? Percebo que talvez a rejeição seja a causa, cria minha, não dele. No fim da "sessão", ele me faz prometer que vou à casa dele no dia seguinte passar novamente o remédio. Por uma semana, meu pai me liga todas as manhãs para saber a que horas vou; eu chego às sete, passo o remédio até as oito e digo "amanhã volto, pai". E assim estabelecemos uma nova relação. A terapia do afeto. Foram necessários anos e infinitas sessões. Mas deu tempo.

*

As palavras me seduzem. As palavras me fascinam. Me excitam, me deixam com tesão, me dão tesão. Posso amar um homem só pelo que ele me diz. Sei quem o homem é pela palavra com que ele começa seu texto, aliás, já sei antes disso, sei pelo cabeçalho, se ele coloca a data ou não. Sei quem é o homem pelos substantivos e adjetivos que ele escolhe usar, se usa "independente" no lugar de "independentemente", ou não. Sei que filmes ele vê pela forma como ele coloca seus pronomes: ênclise, mesóclise ou próclise. Sei se ele é metódico ou não pela acentuação — ou não — das palavras. Eu sei como o homem é pelas frases que faz, longas ou curtas. Também pelo tamanho das frases, vejo se o homem é objetivo ou prolixo — se prolixo, elimino o homem; só pelas palavras, pronto: eliminado. Eu sei quem o homem é pelo vocabulário que ele escolhe. Se ele coloca aspas, já sei: é explicadinho, não me interessa. Se termina seu texto com um abraço, eu sei quem esse homem é; se termina com um beijo, eu sei do que esse homem é capaz. Eu conheço um homem pelas palavras que ele usa e pela forma como ele as usa. As palavras revelam muito mais do que um homem imagina.

*

Teresa encontra Diogo na livraria de Ipanema. O escritor de vanguarda vê Teresa e a convida para um café. Teresa hesita, mas aceita (querida, se você recusasse, a essa altura, eu te matava!).

Diogo fala do último livro dela.

— Você leu, jura? (Por que tanto espanto, querida, pense em Anita, não se desvalorize!)

Teresa também diz a Diogo o que achou do livro dele: "Achei o máximo. Eu jamais conseguiria escrever aquele texto" (claro, o livro é dele, não seu!).

Os olhos de Diogo são cor de ardósia. Teresa está deslumbrada. O escritor tem olhos cor de ardósia. Olhos como os da fotografia diante do seu computador a lhe servir de inspiração, olhos de buarque.

Diogo fala manso, Teresa se ilumina, eles falam das palavras, dos livros, dos projetos, os processos. Teresa pensa em Diogo na festa, olhando-a da janela. Os dois conversam. "Eu sempre vou me apaixonar", "que bom", diz Anita, "mostra que você está viva"; "mas eu tenho medo", "de quê?" "de dar errado", "e o que é dar certo?".

Os olhos de ardósia levam Teresa aos livros. E à cama.

Teresa encontra João em Copacabana.

Assim, sem mais nem menos. Depois de muito tempo, tempo de dias e meses, tempo de silêncio.

— O que você está fazendo aqui? — ela se assusta.

— Estou hospedado no Copacabana Palace, vim ver a final do campeonato.

João conta que está trabalhando no México. "Logo que você saiu da SLC, logo depois, três ou quatro dias, pedi demissão." "Fiquei perplexa: então, os telefonemas não retornados não significavam desprezo?"

— Recebi uma proposta de um banco para ser diretor de marketing na Cidade do México.

— Ah, é? E você foi?

— Claro, porra, sair desse país de bosta...

— Mas lá é legal?

— Não é Londres, mas também não é essa porra aqui. Vim hoje só porque essa final do São Paulo eu não ia perder. Acompanho de lá todos os jogos pela internet. Marquei com o Chicão e a gente veio.

— E aí, alguém me disse que você casou de novo, é verdade?

— Eu?

— Foi a Soninha que me disse.

— Ela está louca!

— Mas você não está morando com uma mulher? É mexicana ela?

— Morando, estou, casado, não; é uma brasileira, estava lá no México e aí foi morar lá em casa, me pegou de calça curta, aí está lá, está ficando...

— Você é casadoiro — ironiza Teresa. — Largou a Daniela, agora está com a...

— Aninha, Ana.

— Quantos anos essa tem?

— Você quer mesmo saber?

— Não vai me dizer que tem vinte?

— Menos.

João e Teresa riem. Ele a convida para jantar, ela se lembra de que já tinha marcado um cinema com Diogo, mas logo decide desmarcar o programa com os olhos de ardósia: "Quero ver qual é, quero ver como ele está; João, só tem hoje."

*

Naturalmente, escolhi uma calcinha preta. Naturalmente, João estava de preto. Naturalmente, fomos ao motel. Naturalmente, ao mesmo motel onde transamos pela primeira vez ("a primeira vez, a gente nunca esquece"). Naturalmente, ele escolheu a suíte presidencial, embora provavelmente soubesse (assim como eu) que só usaríamos a cama. Naturalmente, ele falou as mesmas coisas — "eu não quebro não". Naturalmente, ele mencionou as marcas do momento, as cuecas do momento, os restaurantes do momento, os lugares do momento, as pessoas do momento. Naturalmente, ele não me explicou o que eu queria saber:

— Por que você me largou daquele jeito, assim, de repente, sem dizer nada?

— Eu não estava conseguindo pensar direito.

— Você me arrebentou.

— Deixa de ser exagerada, Teresa. Vem cá.

Naturalmente, ele me comeu como da primeira vez (repetindo: "a primeira vez, a gente nunca esquece"). Naturalmente, ele colocou a mão embaixo da minha saia, começou a me agarrar, eu gemi alto, ele gemeu baixo — naturalmente. Naturalmente, ele gozou antes de mim. Naturalmente, após o gozo, ele se levantou e tomou uma ducha. Naturalmente, ele voltou para a cama enrolado na toalha branca, se deitou e perguntou:

— E o nosso (?) livro?

— Estou terminando — respondi.

— Está ficando legal?

— Acho que sim.

Naturalmente, ele teve sono e cobriu a cabeça com dois travesseiros. Naturalmente, ele disse:

— Dorme, querida, tudo vai dar certo.

Naturalmente, eu não dormi. Naturalmente, eu me levantei, disse que ia ao banheiro e fui. Troquei minha roupa e, não naturalmente, saí.

Dessa vez, fui eu que não falei nada. Nem agradeci — ainda bem.

Saí andando pelo motel, atravessei a rua e peguei um táxi.

Duas da manhã: chego em casa, tranqüila, sem nenhuma palavrinha a me perturbar. Pelo contrário: eu já sabia o fim do livro. Do "nosso" livro. *Stravaganza.*

Era preciso apenas escrever.

*

Alguns meses depois do encontro no Rio, Teresa encontra João em plena avenida Paulista. Eles vão ao restaurante da moda: *XYZ*. "Bacana, não é? Esses caras fizeram um espaço legal, fodido, que nem o X de Nova York, você precisa conhecer."

Teresa sorri. Aproveita o vinho e saboreia a lagosta. "Sabia que você ia gostar", diz João, satisfeito em patrocinar um programa tão *in*.

Depois do jantar, ele convida Teresa para ver seu novo *home theatre*. Ela aceita. "Você vai ver, tudo em tons de vermelho. É, esse negócio de preto e branco já era, virou mania, uma cafonalha só, coisa de carioca, de nouveau riche."

João abre a porta para Teresa, que observa o espaço, deslumbrada.

— Ué, eles fotografaram aqui? Que legal! — comenta ao ver a semelhança entre a capa da revista e o apê de João.

— Claro que não, mulher. Eu é que fiz como eles.

— Ah, bem.

Rapidamente, eles passam do *home theatre* ao quarto e à cama. Naturalmente.

— Escuta, quer experimentar uma droguinha nova? É a última mania de Nova York, inspirada no Matrix. Você vai ver, toma, é bom, eu já tomei uma vez.

— Mas não tem perigo?

— Não, em Nova York está todo mundo tomando, já tem até *blogger* disso.

— Acho melhor não, estou tomando uns remédios, tenho medo.

João toma. Uma, duas pílulas vermelhas, e parte para a sua odisséia no espaço.

Teresa vai ao banheiro se preparar para a trepada. Sim, ela sabia. A trepada, ela já conhecia.

Na volta, vê João caído no chão, ao lado da cama. Teresa se desespera: "João?" Ele não responde. Ela grita. Ele não responde. Teresa percebe que João está morto. Aflita, ela pega a agenda telefônica dele.

Tenta achar um nome, mas só marcas e logomarcas aparecem.

Até que encontra o nome de Daniela, o único nome "pessoa física" da agenda. Teresa liga para ela:

— Você era casada com João, não era?

— Casada, eu? Não, já vivi com esse carinha...

— Escuta, sou amiga dele, estou aqui na casa dele, ele morreu.

— Morreu?

— É, ele tomou um negócio aí, me contou que nos Estados Unidos estava todo mundo tomando, uma pílula para mudar, ele tomou e morreu. Vem para cá, eu não sei o que fazer.

Poucos minutos depois, Daniela chega. Vê João caído no chão.

— Caceta! O bacana morreu mesmo! Você era amiga dele?

— É, amiga, não... bem, fui.

— Como você chama?

— Teresa.

— Ah... eu sabia que conhecia você, da festa de natal lá naquele clube... Olaria?

— É.

— Bem, vamos avisar aos irmãos dele e ao Chicão. Acho que não tem ninguém mais para avisar não. Quer dizer, tem a mãe e o pai, o Chicão avisa.

*

Na terra da garoa, chove. Na capela, o caixão com João é fechado. Sobre o caixão, Chicão coloca a bandeira do São Paulo. Por cima da bandeira do clube, Daniela coloca uma faixa. Preta, naturalmente. Teresa tenta ler o que nela está escrito. Virando o pescoço para lá e para cá, com esforço e ainda enxugando as lágrimas, ela lê: "Uma vez Armani, sempre Armani." Daniela, de óculos escuros (Armani, claro), explica:

— Fiz o que tenho certeza seria o último desejo do João: vesti ele dos pés à cabeça de Armani. E, por cima, a faixa; não ficou bacana?

São cinco da tarde. Alguns torcedores do São Paulo cantam o hino do time. Teresa chora e, por sobre o caixão, a bandeira do São Paulo e a faixa Armani, joga uma rosa vermelha.

(Querida, sinceramente, precisava desse fim tão trágico? Arranje um final menos sentimental, hoje em dia ninguém mais faz luto, sabia? Seja mais up!)

"Escrevo-te porque não me entendo" — sou a água viva de Clarice Lispector. Vivo, e não me corrijo. Na verdade, sinto que é impossível fazer correções, a não ser as gramaticais. "Escrevo-te porque não me entendo." E, se não me entendo, como pretender que você me entenda? Dentro de mim, meu anjo, infelizmente, pulsa algo que eu não sei o que é. Às vezes, bate forte que chega a me perturbar, aí então surto e enlouqueço e choro e grito e vou à psicanalista e ao psiquiatra — e escrevo; às vezes, bate fraco, mas eu sempre escuto aquele ruído, ao longe, como um relógio na sala de jantar da casa da avó, que não pára, não descansa, a noite toda, o dia todo, bate — e eu escrevo. É um pac pac contínuo, uma dor, talvez uma lágrima que não escorreu, uma mágoa que não passou, um ciúme, um medo, não sei, não sei. Talvez seja só uma pequena ferida, uma pequena cicatriz; com o tempo há de passar. Causa ou conseqüência? Diagnóstico feito, cadê a cura? Há cura? Infinitas sessões de terapia, lágrimas e gargalhadas, depressão e euforia, céu e inferno, trepadas e orgasmos, amor que se vive, que se vai e que se volta, sonhos e pesadelos e lá embaixo, aquela feridinha — ou será cicatriz? —, por baixo de tudo, antes, depois e durante, ardendo, pinicando, doendo, corroendo, uma pequena mancha, insistente, passado, presente e talvez futuro (quiçá não!), que não se consegue limpar, que não se consegue apagar, que não se cura, teimosamente. Mas fazer o quê? Afinal, são muitas as imagens: tem uma criança ali no chão e tem gente querendo o mundo bem limpinho, tem muita coisa para pensar, muito sentimento a digerir, muita confusão, muito tesão, ódio, raiva, amor, frustração, desejos, ai, meu amor, é isso, é muita coisa.

"Escrevo-te porque não me entendo". E poderia continuar a escrever até amanhã de manhã.

Meu amor, escrevo para me libertar. Escrevo para me salvar.

*

"Lançar um livro é como parir um filho."

Muitos livros, champanhe, canapés, alegria — na livraria, não há tempo nem prateleira para problemas, dores e angústias. Não importa o assunto do livro; a noite é sempre de festa. Estou feliz, eu e minha caneta nova: não é *montblanc*, mas também não é *bic*. Já preparei as dedicatórias, uns cinco modelos, assim, fingirei que sou criativa e bacana, mas já está tudo ensaiado.

A fila é grande. Meus filhos, família, amigos, ex-namorados, ex-marido, amores. O fotógrafo fotografa... e as mulheres fazem a festa. Anita e dr. Frederico vieram, surpreendentemente ("analistas e psiquiatras não devem participar da vida pessoal do analisando/paciente"). "Nos dias de hoje, um lançamento de livro é uma festa, é uma comemoração, é como um casamento; e, já que as pessoas não casam mais, vamos aproveitar os lançamentos...", digo a um jornalista simpático que vem me entrevistar.

Na fila, vejo os olhos de ardósia.

— Achei que você não vinha.

— Ficou louca, menina?

Diogo me entrega um buquê de rosas vermelhas e me dá um beijo na boca.

— De um fã seu.

Em seguida, o bloco da SLC, completo. No abre-alas, Zeca.

— Uau! — grita ele eufórico. — Teresa, você está bárbara! Essa noite é tudo de bom, menina, tudo de melhor! Isso aqui está muito chic, fotógrafo, gente de TV, escritor, uau, só tem gente de cara boa, gente bacana!

E, como se não bastasse, prossegue, mostrando que lançamento de livro não é mesmo a sua praia. ("Livros? Livro se arruma por cor, quem vai querer saber de livro? Coisa pesada, não tem onde pôr, um horror!")

— Vamos lá, gente, vamos fazer um brinde. The Oscar goes to... Teresa! Tin tin! — brinda o *stylist*.

— Chefinha, que saudade — diz Rita.

— Minha querida, você está fazendo muita falta — diz dona Palmira.

— A senhora está ótima! (Manual de Vendas, passo um, abertura da venda: busque elogiar o cliente).

— Estou bem, sim, minha filha, ainda mais depois que seu Pedro me chamou de volta.

— Ah é, a senhora voltou?

— Todos nós, todos aqueles vinte que saíram naquele dia do seu aniversário voltaram. Parece que agora vai... nós estamos animados, tem tudo para dar certo!

— O livro, eu não sei se é bom, não, mas o decote está ótimo — elogia Henrique.

— Que dia você volta? — pergunta Pedro Paulo. — O país está na mesma merda e, se a gente não preparar material de imprensa, promoção e tal, a coisa não anda. Precisamos lançar o Programa Rumo aos Céus número quatro.

— Jura? Outro?

— Claro, querida. Cada vez subindo mais... até o infinito, e lá vamos nós, arretados, só falta você... — responde a baiana Catarina.

Naquele momento, vi o filme passar todinho na minha frente, estava tudo igual, incrível.

A última a chegar, correndo como sempre, foi Luana (aquela que fez mudança de táxi especial? sim, aquela).

Mais uma prova de que o mundo gira, a Lusitana roda, mas na SLC tudo continua igual.

— Vamos tirar uma foto com a nossa amiga escritora. Só falta o homem, cadê o homem, Teresa? Cadê João? — pergunta Henrique.

Levei um susto.

— Chama o homem, Rita, chama o João.

João chega, senti meu coração bater mais forte. O homem estava ali, de novo, bonito como ele sempre foi, e naturalmente de preto.

— Oi, Teresa. Gostei do dress code.

Custei a decifrar, ainda mais naquele tumulto:

— Dresse o quê?

— É Prada, não é?

— Sei lá, acho que é.

— Eu tenho certeza. Prada é Prada. Você está bonita, sabia?

— Obrigada, você também.

— Coloquei especialmente para você, Armani, eu sei que você gosta.

— Hum hum...

— Escuta, eu não disse que tudo ia dar certo?

— Disse, eu só não sei se você vai gostar do final — fui logo me defendendo.

— Claro que vou, aposto! Eu sempre disse: tudo vai dar certo.

— É, respondi. Tudo vai dar certo...

E, nada mais havendo a declarar, fiz a dedicatória modelo cinco e entreguei "nosso" *Extravagância*, ou melhor, *Stravaganza*, a João.

O homem de *black* pegou o livro, leu a dedicatória — "bacana", me deu um rápido beijo, e saiu da fila fazendo o seu habitual "V" de vitória.

Olhei mais uma vez para ele: o homem, bonito, de preto, protagonista de uma fase da minha vida, dessa história, primeiro, segundo e terceiros atos, a jornada.

Minha boca, seca; o coração, explodindo; um nó na garganta e uma lágrima pedindo para sair. Não, não era hora de escrever; não, "tudo vai dar certo", repeti.

Desviei então rapidamente o olhar e, antes mesmo de autografar o próximo livro, me levantei, falei uma bobagem qualquer e dei uma sonora gargalhada.

Eu sabia que João decodificaria aquela gargalhada como sinal de absoluta felicidade.

"... Mas depois de pensar isso me deu um desgosto porque fui percebendo, por dentro da chuva, que talvez eu não quisesse que ele soubesse que eu era eu, e eu era."

Caio Fernando Abreu

Este livro foi composto na tipologia Lapidary 333 BT, em corpo 13/16, e impresso em papel off-white 80g/m^2, no Sistema Cameron da Divisão Gráfica da Distribuidora Record.